KB096693

누구나 글 쓰고 작가 되는 비법

내 책 만들기 무료 출판의 노하우

글 강신진 그림 최진 원성균

누구나 내 책 만들기 하여
작가 되는 글쓰기 기본 교양서

BOOKK

누구나 글 쓰고 작가 되는 비법

내 책 만들기 무료 출판의 노하우

저 자 | 강신진 그림 최진 원성균

발 행 | 2023년 4월 4일
펴낸이 | 한건희
펴낸곳 | 주식회사 부크크
출판사 등록 | 2014.7.15.(제2014-16호)
주 소 | 서울특별시 금천구 가산디지털1로 119
(SK 트윈타워 A동 305호)
전 화 | 1670-8316

ISBN | 979-11-410-2213-6

www.bookk.co.kr

차 례

1부 글쓰기의 모든 것

글을 쓰고 모으고 작가 되기

2부 출판과정의 이해

책은 이렇게 만들어진다.

3부 책 만들기 비법

책 만드는 과정을 살펴보자

4부 내 책 출판하여 작가 되기

내 책 무료 출판으로 작가 되는 길

5부 내 책 홍보하기

내 책 홍보의 모든 것

들어가며

누구나 글을 쓰고 작가 되는 시대이다.

그동안 글 쓰고 내 책 만들기 경험을 바탕으로 글쓰기의 방법과 내 책을 무료로 출판 방법을 안내한다. 나만의 책을 출판하여 초보 작가 되는 구체적인 방법을 제시한다.

글을 모으고 글쓰기를 할 수 있는 방법을 제시하고 안내하며, 내 책 만들기를 통해 행복해지는 초보 작가 되는 비법을 정리했다.

작가 되는 방법은 무엇인가?

글쓰기 의미는?

내 책 출판하는 방법은?

"호사유피(虎死留皮)요, 인사유명(人死留名)이라"이란 말이 있다. 호랑이는 죽어 가죽을 남기고 사람은 죽어 이름을 남긴다는 뜻이다. 명예를 얻는 방법의 하나가 작가가 되어 책을 남기는 것이다. 자신의 글쓰기로 내 책을 만들 수 있는 실질적인 핵심 방법을 자세하게 작성했다.

누구나 작가가 되어 세상에 이바지하는 행복한 삶을 기대하며 이 책을 썼다.

글쓰기에 고민이 없는 작가는 없다.

글쓰기는 독자와의 게임이다. 글쓰기는 독자의 마음을 얻는 것이라 한다. 글쓰기는 역지사지(易地思之)의 마음으로 해야 즐겁다. 글쓰기는 작가의 주 업무이다.

좋은 글은 무엇일까?

글쓰기 전문작가에 비하면 조족지혈이고 많이 부족합니다.

다만 내 책을 무료로 출판한 경험을 알려 주고자 합니다.

누구나 작가 되는 구체적인 방법을 안내합니다. 글을 쓰고 내 책 만들어 작가 되는 경험을 하시기 기대합니다.

항상 응원과 격려를 보내는 사랑하는 가족에게 감사드리며, 저자 되는 기회를 주신 무료 출판 플랫폼 부크크 관계자님께 감사를 드립니다.

고맙습니다. 감사합니다. 사랑합니다.

2023년 4월 관악산에서

강신진

돈을 벌고,

돈을 모으면,

재산이 쌓이고,

부가 형성된다.

글을 쓰고,

글을 모으면,

책이 되고,

작가 된다.

- kang shinjin -

1부. 글쓰기의 모든 것

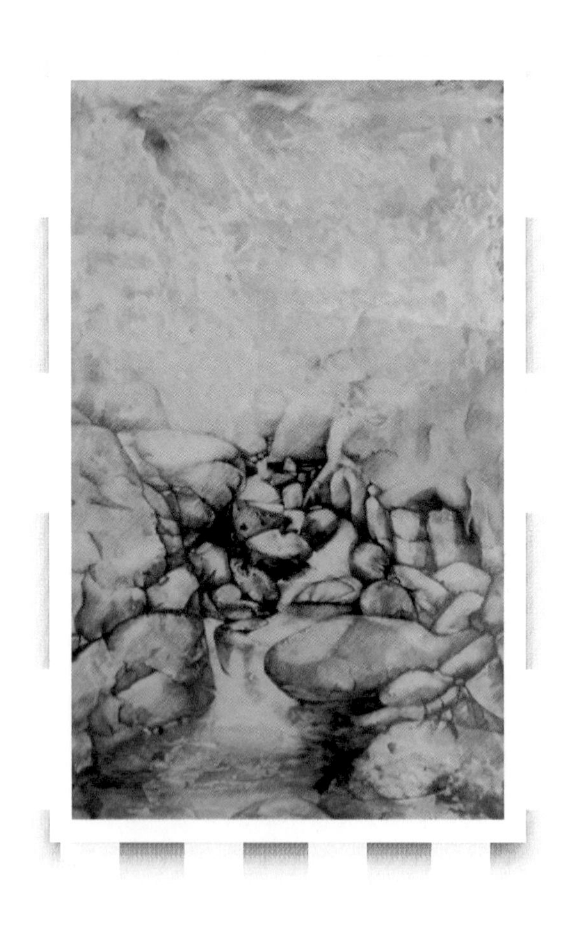

1부 글쓰기의 모든 것

1부 글쓰기의 모든 것

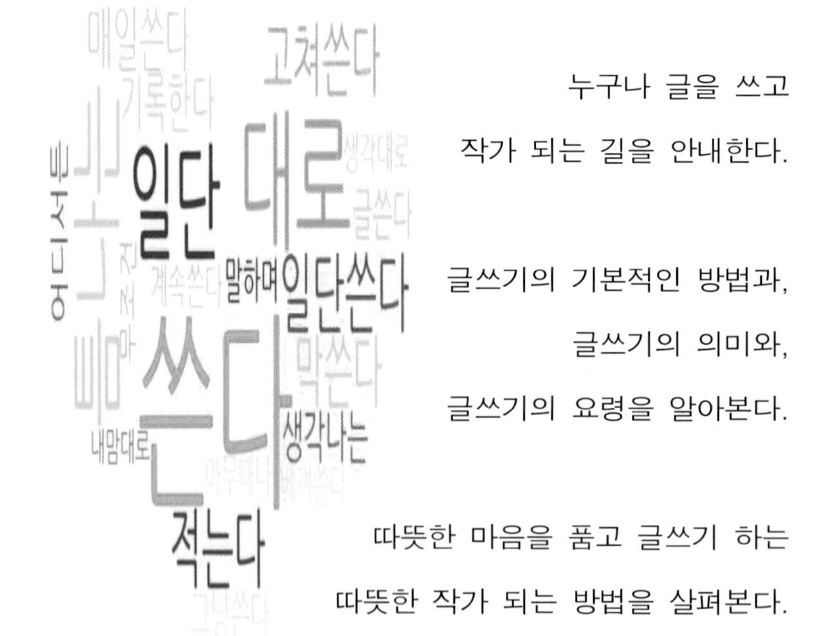

누구나 글을 쓰고
작가 되는 길을 안내한다.

글쓰기의 기본적인 방법과,
글쓰기의 의미와,
글쓰기의 요령을 알아본다.

따뜻한 마음을 품고 글쓰기 하는
따뜻한 작가 되는 방법을 살펴본다.

1. 글쓰기의 모든 것

글쓰기란 무엇인가?

이 세상 글쓰기 분야는 매우 넓다.

출판사, 신문사, 관공서, 학교, 방송국, 회사 등 우리 사회의 대부분을 차지한다. 특히 방송이나 영화, 드라마 작가는 대본을 사실적이며 창의적으로 쓴다.

글쓰기는 '재주가 있는 사람들이 하는 것이다'라고 생각할 수 있다. 이 말은 틀린 말은 아니지만 옳은 말도 아니다.

요즘엔 누구나 작가 될 수 있다. 글의 형식은 중요하지 않다. 누구나 책을 만들 수 있고, 저자가 될 수 있는 시대이다. 자기 생각을 글로 정리하여 책으로 만들면 된다.

글이란 무엇인가?

누가 글을 쓰는가?

글은 어떻게 쓰는가?

글쓰기 누가 좋아할까?

누구나 세상을 살면서 책을 읽게 된다.

글이 잘 쓰여 모인 것이 책이고 신문이다. 인터넷과 신문은 세상의 정보와 소식을 알려준다. 책을 읽으면 글의 의미와 내용을 알게 되며, 지식을 얻고 감동하는 때도 많다.

요즈음엔 사람들이 독서를 좋아하지 않고, 책을 읽는 사람도 많지 않다. 독서는 흥미나 취미가 중요하다. 책 읽고 글쓰기 하면 지혜로운 삶을 살아가는 방법의 하나이다.

책이란 무엇인가?

책(冊)은 “어떤 내용의 글·그림·사진 등이 인쇄된 여러 페이지의 종이를 일정한 순서에 따라 매어 표지를 붙인 물건”이라고 되어 있다. 유네스코에 따르면, 책이란 “겉표지를 제외하고 최소 49페이지 이상으로 구성된 비정기간행물”을 일컫는다.

책에 관한 명언이다.

빌 게이츠는 “오늘의 나를 있게 한 것은 우리 마을의 도서관이었다. 하버드 졸업자보다도 소중한 것이 책을 읽는 습관이다.”라고 말했다. 그리고 “책을 사느라 들인 돈은 결코 손해가 아니다. 오히려 훗날에 만 배의 이익을 얻게 될 것이다.”라고 왕안석은 말했다. 책의 가치와 독서의 중요성을 강조하는 말이다.

독서는 즐거움과 감동을 주며, 지식과 지혜를 얻는다.

책은 경험을 터득하는 지름길이다. 책 속에 길이 있다고 한다. 책 한 권에서 한 문장의 느낌도 엄청난 가치를 갖는다. 한 줄의 글은 독자에게 큰 힘을 갖게 해준다.

소크라테스는 "남의 책을 읽는 것에 시간을 보내라. 남이 고생한 것에 의해서 자신을 쉽게 개선할 수 있다."라고 했다.

책을 읽으면 다양한 정보와 지식을 간접으로 경험한다. 귀중한 보물을 찾을 수 있는 보물단지다. 책 읽고 글쓰기를 좋아하는 사람도 있다. 하지만 대부분은 글쓰기를 싫어하거나, 잘하지 않는다.

글쓰기는 어려서 일기 쓰기로 시작한다.

짧은 글을 쓰면서 받아쓰기도 한다. 커가면서 편지 쓰기, 학교에서 받아쓰기, 보고서 제출, 논술, 성장하면서 업무 보고서를 쓴다. 글쓰기는 누구나 다 힘들고, 쓰기 귀찮은 게 사실이다. 누군가는 글쓰기가 고통이고 괴로움이 될 수도 있다.

글은 누구나 쓸 수 있다. 사람들은 세상을 살면서 글쓰기와 무관하다고 생각할 수 있다. 그러나 자신이 살아온 날들을 글로 잘 정리하면 자서전이 된다. 사진과 글로 책을 한번 만들어 보길 추천한다.

글쓰기를 하면 얻는 게 많다. 자부심도 생기고 자신감을 얻고 인정받게 된다.

작가는 생각을 글로 표현하는 삶이다. 독서하고, 사색하고, 글 쓰는 게 업이다. 작가의 삶은 독창적인 글을 쓰는 일상이다. 주제를 잡고 남에게 도움이 될 수 있는 내용을 쓰면 된다. 작가는 창의력을 발휘하는 것이다. 작가는 글을 쓰는 게 생명이라고 한다. 작가는 글에 대해 생각하고 글을 쓰는 일이 거의 전부다.

글쓰기의 경험을 간단하게 안내하고자 한다.

전문작가의 글에 비하면 전문성은 떨어지지만 여러 권의 책을 출판한 경험을 제공하고자 한다. 초보 작가 되는 길을 알려주고자 한다.

I can do it ! You can do it ! We can do it !

Just do it!

삶에서 글쓰기의 지혜를 얻기를 희망한다.

글쓰기의 요령과 내 책을 만드는 무료 출판과정에 대한 경험을 자세하게 안내한다. 전문작가는 도움이 없을 것이다.

내 책 만들기를 원하는 초보 작가에겐 큰 도움이 될 것으로 기대한다.

글을 쓰다 보면 알게 된다.

글쓰기 힘들고, 지루하고, 하기 싫을 때가 있다. 잘 안 써질 때도 많다. 글쓰기가 쉽지는 않다. 그러나 쓰다 보면 알게 된다. 글의 양이 많아지면 뿌듯하고 묘한 느낌을 갖는다. 마음이 풍요로워지고 자신감이 넘치게 된다.

글쓰기 결과 내 책을 내면 댓가는 많다.

우선 자기만족이요, 자랑스러움과 자부심이 커지며 유능함을 인정받는 길이다.

글쓰기는 내 마음과 독자의 마음을 얻는 일이다. 책을 읽고, 생각을 담아 사람에게 가치 있는 정보를 주는 일이다.

글쓰기 시작하자. 초보 작가 되는 지름길이다.

'나는 할 수 있다'.

Do it now

2. 글쓰기 습관이 중요하다.

누구나 다 글을 쓸 수 있다.

I can do it ! You can do it ! We can do it !

마음만 먹으면 아무나 쓰는 것이다. 다만 꾸준하게 쓰고 나중에 책을 만드는 저자가 되는 사람이 적다. '글재주가 없다'라고 생각하고 중간에 포기하는 경우가 대부분이다.

글쓰기가 거창하고 어려운 일은 절대 아니다. 다만 귀찮아질 뿐이다. 글쓰기는 꾸준한 습관이 요구된다. 제일 중요한 사실이다. 글쓰기는 매일 밥 먹듯이 하면 된다. 양이 중요한 게 아니라 몇 글자라도 잠깐 글을 쓰는 습관이 중요하다.

매일 양치하듯이 신경 쓰면 된다. 화장실에서, 엘리베이터 안에서, 지하철 이동하는 시간, 휴식 시간, 점심시간, 자투리 시간에 쓰면 된다. 일상에서 일어나는 일을 내 마음대로 쓰면 된다.

윌리엄 제임스의 습관에 대한 명언이다.

생각이 바뀌면 행동이 바뀌고,
행동이 바뀌면 습관이 바뀌고,
습관이 바뀌면 성격이 바뀌고,
성격이 바뀌면 운명이 바뀐다.

글쓰기는 책이 완성될 때까지 꾸준하게 쓰는 습관이 매우 중요하다.

글쓰기를 꾸준하게 하면 얻는 게 많다.

글쓰기 하면 내가 알고 있는 것과 모르는 것에 대해 확실하게 구분할 수 있다. 신문을 읽고 책을 읽으면 지식을 습득하게 된다. 읽을 땐 글이 술술 읽히지만 쓸 때는 무엇을 써야 할지 막막하다. 글을 쓸 때는 무엇을 쓸지 힘들고, 고통이다. 글쓰기 고통은 글을 써야 한다는 사실이다. 글이 많이 작성되면 보람과 만족을 얻는다.

왜 쓰느냐도 중요하다. 글쓰기 목적은 다양하다. 특히 내 이름으로 된 책이 목적일 수 있다. 나중에 책으로 탄생하면 기쁨과 즐거움을 준다. 내 이름으로 출간하는 보람과 만족하는 새로운 경험을 한다.

글쓰기 방법은 무엇인가?

글쓰기 방법 중 가장 좋은 것은 글을 쓰는 일이다.

글쓰기는 습관이다. 간단한 방법을 제시한다. 일상에서 일어나는 정보를 기록하면 된다. 특별한 주제도 필요 없고, 단어나 문장으로 쓰면 된다. 어떤 느낌이나 소감을 작성한다.

일기처럼 매일 꾸준하게 기록하면 되는 것이다,

처음에는 글자 하나, 단어를 기록하고, 내가 하는 생각들을 꾸준히 정리하다 보면 문장이 완성된다. 생각의 정리이다. 일기나 편지 쓰듯이 쓰면 된다. 쓰면 생각이 점점 확장되고 커지게 된다. 글이 모이게 된다. 눈덩이 불어나듯이 여러 가지를 생각나는 대로 작성한다.

예를 들면 다음과 같이 작성하면 된다.

출근길, 학교 가는 길에 신호등 작동이 잘되면 오늘의 주제는 '신호등'이다. 자기 일과 관련하여 주제를 잡으면 된다. 신호등은 많은 사람에게 안전을 위하여 지켜야 할 세상의 법칙이다. 이렇게 생각하고 메모지에 쓰면 된다.

신호등은 어떻게 변화되었나 상상하고 관찰한다. 예전엔 소리도 없었고 바닥의 LED등도 없었다. 30초 메시지가 없었는데...

또한 신호등 자세하게 관찰해보자.

크기, 모양, 위치, 높이 등. 궁금증이 생기면 호기심이 생기고 호기심은 집중하게 된다. 신호등의 관찰과 세부적인 기록은 창의적인 아이디어를 생성하게 된다.

신호등 어떻게 생겼을까?

신호등 켜지는 순서는?

신호등 어떻게 생겼을까?

신호등 누가 만들까?

신호등 언제부터 설치되었을까?

궁금하면 발전한다. 호기심은 관찰이고 관심이다.

발명이란 관심과 호기심이며, 아이디어의 창출이다.

누군가 신호등을 보고 개선한 것이다. 새로운 신호등을 만들면 발명가이고 사업가 된다.

신호등 지키도록 노력하고 주제를 잡는다. 이런 생각이 글쓰기의 시작이고 메모하면 글감이 되는 것이다. 자신의 일상과 시대의 흐름에 관하여 주제 잡고 메모하면 더욱 좋다.

신호등에 관한 역사, 신호등 발전 변화과정을 나만의 글을 쓰면 [신호등]에 관한 '작가' 되는 것이다.

다음의 괄호를 채워보자.

신호등은 (   ) 이다.

왜냐하면 (   ) 때문이다.

작성하면 된다.

글의 시작은 이런 것이다.

지금 더 생각나는 단어나 경험이 생각날 것이다.

단어나 짧은 글 1줄 쓰기 해보자.

생각하면 생각이 더욱 확대된다.

글의 길이가 늘어난다. [신호등]에 대하여 생각나는 대로 작성한다. 시도 좋고 느낌도 좋고 관찰한 사실을 기록하는 것이 시작이다.

[신호등] 짧은 글 3행시를 써보자.

신
호
등

[신호등] 짧은 글짓기를 해보자.(느낌, 일화, 깨달음 등)

간디의 어록이다.

"네 믿음은 네 생각이 된다. 네 생각은 네 말이 된다.

네 말은 네 행동이 된다. 네 행동은 네 습관이 된다.

네 습관은 네 가치가 된다. 네 가치는 네 운명이 된다."

라고 했다. 생각을 말하는 습관의 중요성을 강조하는 의미다.

무엇을 쓰는가?

글쓰기 생각을 했다면 '다음에 하지'가 아니라 지금 당장 쓰면 되는 것이다.

Do it now

지금 당장 글을 쓴다.

무엇인가 조금씩 쓰면 된다.

매일 밥 먹듯이 글을 쓰면 된다. 글쓰기 습관이 안 되면 글 쓰는 게 귀찮고 괴롭거나 고통일 수 있다. 당연한 일이다.

습관이 형성될 때까지 규칙적인 행동이 쉬운 일은 아니다.

일기를 쓰는 경우가 습관화된 글쓰기이다. 일기 쓰면 작가의 소질 능력이 향상되는 출발점이다. 일상을 기록하는 습관은 글쓰기 작가의 기질이 넘치는 것이다

.

글쓰기가 습관이 되면 즐거움이 생긴다.

누군가는 글쓰기가 삶의 활력소이자 에너지가 된다. 글쓰기는 글의 양이 늘어감에 따라 재산이 늘어나는 것처럼 뿌듯함이 생긴다.

글을 쓰는 습관은 미래를 여는 열쇠이다.

습관이 되면 글 쓰는 실력이 늘게 된다. 나의 일상에서 글쓰기 습관은 인생의 변화를 만들어 줄 씨앗이다. 삶의 기쁨이 되며 미래를 바꿀 것이다. 글쓰기의 핵심은 바로 글을 쓰는 습관이다.

매일 글을 쓴다.

다시 강조한다.

일상을 기록하는 것이다.

글쓰기는 매일 쓰는 습관이 중요하다.

You can do it

He can do it

She can do it

Why not Me

Just do it

Do It Yourself

I can do it

Do it now

BASILUR
TEA BOOK

3. 일단 글을 쓴다

글은 어떻게 쓸까?

글쓰기 방법은?

바쁜 일상에 글을 언제 쓰냐고 한다. 누구나 다 같은 일상을 보내지만, 누군가는 기록한다. 글쓰기는 습관이다.

글쓰기의 가장 쉬운 비법은 따로 없다.

일단 쓴다.

글쓰기는 일상의 어떤 일을 마음대로 쓰는 것이다.

글은 언제 쓸까?

틈나는 대로 쓴다. 글쓰기 비법의 첫째 행동이다.

일단 쓴다.

일상에서 핸드폰을 사용하는 방법이다.

핸드폰은 만능도구이다. 여행지를 가면 멋진 풍경도 감상하며 사진 찍는다. 주변의 경치를 보면서 사진을 찍는 건 누구나 마찬가지다. 시간이 흐르면 사진을 감상하게 된다. 그날의 느낌이 새록새록 떠오르게 된다. 설레는 소감이나 알게 된 느낌을 기록하는 것이다. 기록하면 글도 남는다. 사진을 보면 추억이 새록새록 생각난다. 이를 글과 함께 작성하면 여행 기록의 책 수기가 된다.

어떻게 기록하지?

어디에 기록할까?

핸드폰에 전자 메모장이 있다.

언제 어디에서나 메모장에 간단하게 기록하면 글이 모이게 된다. 느낌과 소감을 간단하게 기록한다. 나중에 컴퓨터로 옮기고 요약하거나 글로 정리한다.

이게 모이면 [나만의 멋진 여행기]가 나의 여행 기록에 관한 책이 된다. 나만의 맛집 소개하듯이, 멋진 곳을 소개하는 여행 수기가 된다. 상상해보자. 내가 여행한 관광 수기 책이 탄생하는 것이다.

도스토예프스키는 “습관이란 인간으로 하여금 어떤 일이든 하게 만든다.”라고 했으며, 파스칼은 “습관은 제2의 천성으로 제1의 천성을 파괴한다.”라고 했다. 습관의 중요성을 강조하는 말이다. 기록하는 것은 습관이다. 글쓰기는 기록하는 습관이 제일이다.

어릴 적부터 책과 함께 놀던 아이가 어른이 되어서도 책을 가까이하며 평생 독자가 된다. 일기를 쓰던 사람이 글을 쓰게 되는 이치이다. 어느 날 갑자기 글을 쓸 수도 있다. 시작했으면 습관이 되도록 꾸준하게 지속하는 것이다.

쓴다.

무조건 쓴다. 일단 쓴다. 매일 쓴다. 생각대로 쓴다. …

미국 만화가, 작가. 제임스 서버(James Grover Thurber)는 "제대로 쓰려 말고, 무조건 써라"라고 했다.

글 쓰면 책이 만들어진다. 책을 만들려면 많은 글이 필요하다. 글을 써두면 글이 모인다. 글이 모여 글감 재료가 많아야 책 된다. 마치 맛있는 요리에 재료가 많이 필요 하듯이 책 만들기에 글감은 중요하다.

일상에서 일어나는 모든 게 글쓰기의 글감이다.

연속극, 영화, 신문 보는 일, 음악감상, 음악회, 강연 듣는 일, 경험하는 모든 일이 글감이다. 독서하고 요약하고 느낌을 기록한다.

글쓰기는 쓰는 일이다. 글이 모으면 글감이 된다. 어떤 일 소감을 작성하고 베껴 쓰기도 한다. 명언이나 좋은 말을 옮겨 쓴다. 글을 모으면 자기만족이 된다. 글쓰기는 책의 재료가 된다. 글쓰기한 글감이 모이면 책이 된다.

글쓰기는 매일 반복하는 일이다.

글쓰기는 고쳐 쓰고, 다시쓰기를 반복하는 일이다. 글쓰기는 오감을 동원하는 것이다. 책을 만드는 지름길은 매일 글을 쓰는 일이다. 스스로 글쓰기를 지속하는 일이 저자되는 지름길이다. 글을 쓰는 자 작가 된다.

글은 어떻게 쓰지?

써
쓴다
막 쓴다
그냥 쓴다
고쳐 쓴다
일단 쓴다
매일 쓴다
베껴 쓴다
다시 쓴다
일상을 쓴다
무조건 쓴다
어디서나 쓴다
말하면서 쓴다
생각대로 쓴다
조각조각 쓴다
아무 때나 쓴다
틈나는 대로 쓴다
읽어보고 베껴 쓴다
주변 사람과 함께 쓴다
언제 어디서나 글을 쓴다

종이에 메모하는 방법이다.

메모는 어떻게 하나?

글쓰기 방법에 대하여 몇 가지 안내한다.

메모도 글쓰기다. 일상을 기록하는 것이다. 필기도구는 늘 준비하고 쓴다. 메모지와 필기도구는 책상, 침대 머리 주변, 주머니에 늘 지니고 다니면서 무조건 메모한다. 핸드폰에 메모하는 기능도 있으니 기록하면 된다.

메모하는 방법은 무한대이다.

텔레비전 보다가 생각나면 적는다. 지하철에서 생각나면 핸드폰 메모장에 적는다. 유튜브 보다가 중요한 사항을 기록한다. 독서하고 책 공간에 적는다. 컴퓨터나 핸드폰으로 블로그나 브런치에 기록하는 방법도 있다.

존 스타인 벡은 "글쓰기는 세상에서 가장 외로운 노동이다."라고 했다. 글쓰기는 외로운 것일 수도 있다. 글쓰기는 나 혼자 하는 것이다. 누가 대신해 주지 않는다, 누가 내 책을 대신 써 주길 기대하지 말지어다. 요즘엔 대필 작가도 증가하는 추세이다.

메모는 습관이다.

습관이 되면 일상이 된다. 누구나 습관이 될 때까지가 힘들지 습관 되면 무엇이든 할 수 있다. 메모는 언제 어디에서나 가능하다. 마음먹고 적는 행동이다. 메모하는 습관은 내가 만들 책의 글감을 쌓이게 하는 일이다. 글감에서 가치 있다고 생각하는 내용을 모아서 정리한다. 메모한 내용은 주기적으로 분류하고 컴퓨터에 옮겨 기록하고 저장한다.

브런치를 사용하는 것은 좋은 방법이다. 브런치에 기록하는 설명은 다음 장에서 자세하게 안내한다. 컴퓨터로 글을 입력하고 정리한다.

평소 글을 메모하거나 베껴 쓰기한 내용이다.

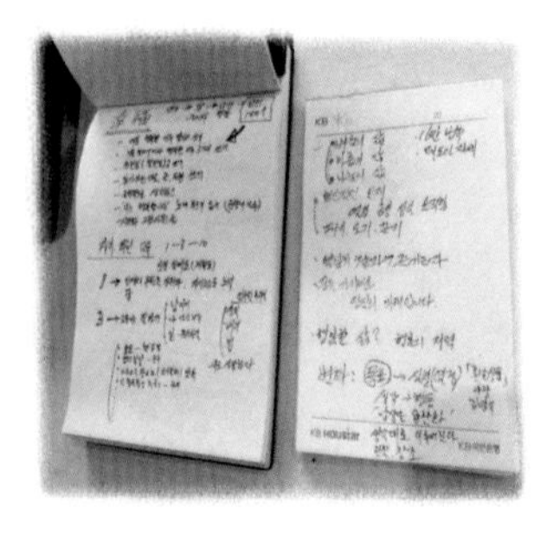

온라인 글쓰기 방법이다.

온라인 글쓰기 어떻게 하지?

가. 네이버 메모장 이용하기

온라인에 글쓰기 방법을 자세하게 안내한다. 네이버 메모장이다. 네이버(www.naver.com) 가입되어 있어야 작성할 수 있다. 유튜브 영상을 보면서 펜을 들고 종이에 써도 좋다. 메모장에 입력하면 된다. 다만 종이 쓴 글은 컴퓨터로 옮기는 수고가 필요하다.

네이버에 가입되었다면 강의를 보거나, 글을 작성할 때 [네이버 메모]에 실시간으로 즉시 입력하는 방법이다.

① [네이버 메모] 입력하고 검색한다. 클릭하면 메모장이 나타난다.

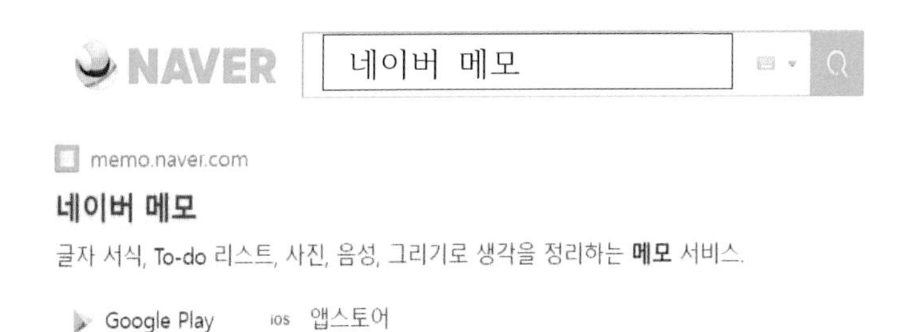

또는 네이버 바탕화면에서 [더보기]를 클릭한다.

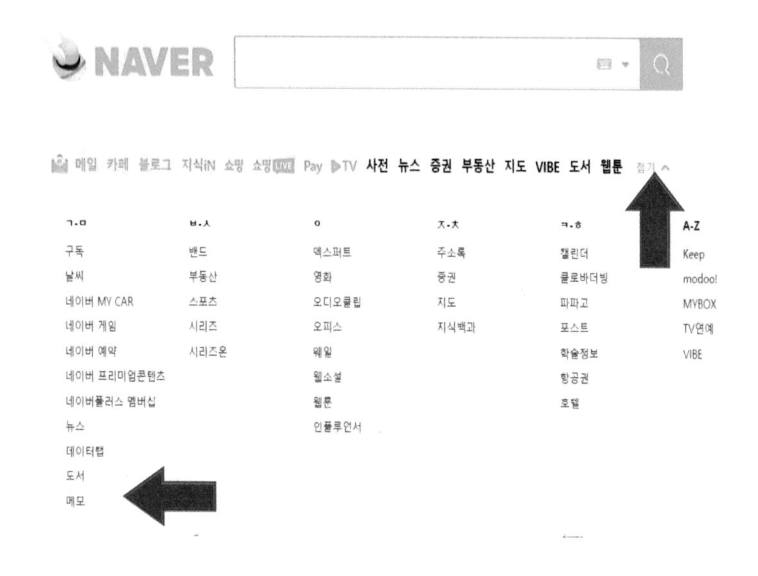

② [네이버 메모] 글 상자가 메모장이 나타난다.

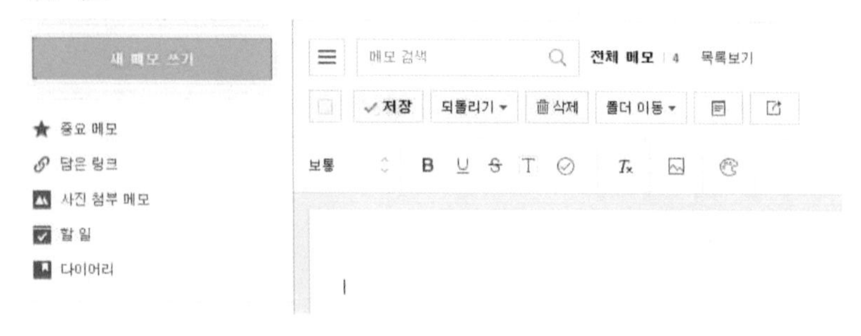

③ 유튜브 영상을 시청하면서 [네이버 메모]에 입력할 내용 기록한다. 저장된 메모가 쌓이면 나중에 책 만드는 데 글감의 재료가 된다.

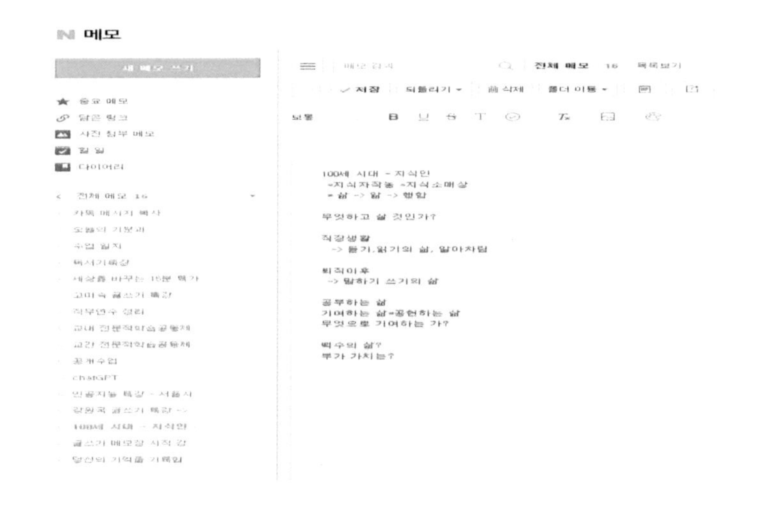

[네이버 메모]는 컴퓨터로 간단하게 정리하기에 좋은 도구이므로 사용자의 선택이다.

주제별로 메모한 글감의 DATA는 다다익선이다.

책 만들 때 사용하는 보물들이다. 주제별로 분류하여 내 책 만들 경우 이 자료를 사용한다. 내 책 만들기를 쉽게 할 수 있다.

나. 브런치에 글쓰기 방법이다.

온라인에 글을 쓰는 또 다른 방법이다.

[브런치 스토리]에 글쓰기 해두면 이 또한 내 책 만드는 글감의 재료가 된다.

① [브런치] **brunchstory** 사이트에 회원 가입한다.

https://brunch.co.kr/

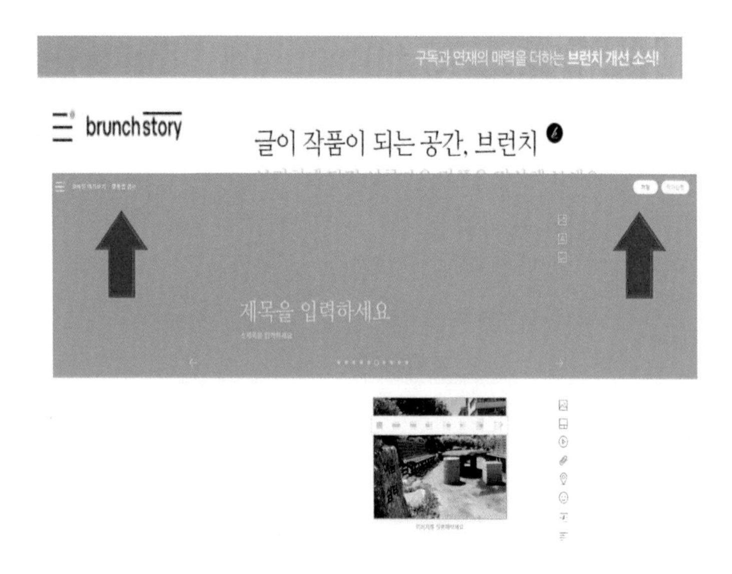

② [브런치스토리]사이트에서 [글쓰기] 클릭하고 글쓰기 할 수 있다. 주제, 제목, 그림도 나타내고 여러 내용을 입력할 수 있다.

③ [브런치 스토리에]에 기록한 글감 사례 예시이다.

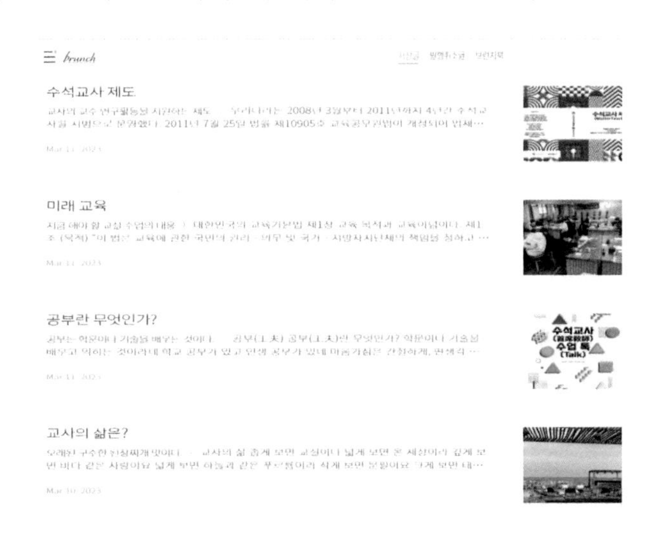

④ [브런치 스토리]에 무엇을 어떻게 쓰지?

매일 밥 먹듯이 쓴다.

일단 쓴다, 매일 쓴다, 그냥 쓴다, 생각대로 쓴다, 막 쓴다, 틈나는 대로 쓴다. 독서의 요약, 느낌이나 소감, 베껴 쓰기, 명언 등 좋은 말을 수시로 기록한다.

컴퓨터에 입력되면 브런치 책도 만들 수 있다.

⑤ [브런치스토리]에 글을 쓰기 위한 리스트는 목록으로 확인하고, 글쓰기를 하며, 입력한 글은 수정도 가능하다.

⑥ 수정 또는 추가할 내용이 있으면 수정할 수 있다.

[수정펜]을 클릭하고 추가 할 문장이나 삭제할 내용 수정도 가능하다. [브런치]에 글감이 쌓이고, 정리하면 책이 된다.

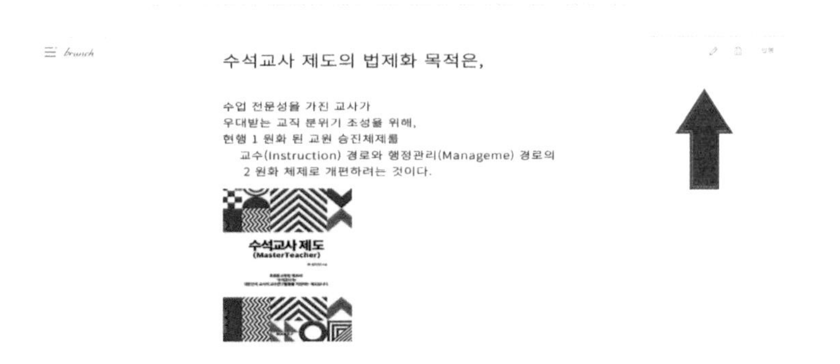

4. 글쓰기 멋이 중한다

매슬로우 5단계 욕구 이론이다.

매슬로우(Maslow)는 '욕구 5단계'설에 따라 인간의 욕구는 "생리적 욕구부터 시작하여 안전의 욕구, 사회적 욕구, 존경의 욕구, 그리고 자아실현의 욕구 순으로 점차 고차원의 욕구로 진행된다"라고 설명하였다.

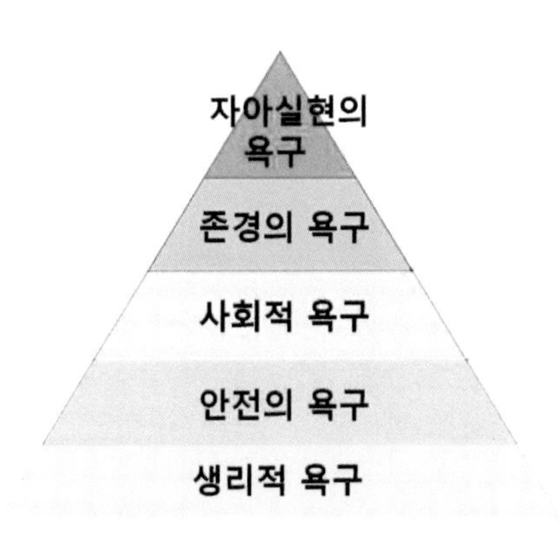

내 삶은 위대한 것이다.

자신을 표출하고, 과시하며 관심을 받고자 하는 게 사람의 욕구다. 신분이나 자기 명예, 지위, 자부심, 자긍심, 자존심 등이 존경의 욕구와 자아실현 욕구가 있다.

글을 쓰려는 이유는?

내 생애 한 번쯤 책을 출간하고 싶은가?

판매해서 수익을 내고 싶은가?

내 책 Give할까?

누구를 위해 쓰는가?

글을 쓴다는 것은 참 좋은 일이다.

글을 쓰는 데 무엇을 쓰느냐도 중요하다. 왜 쓰느냐는 정말 중요하다. 글쓰기는 많은 시간이 필요하다. 그뿐만 아니라 튼튼한 체력도 요구한다. 글을 써보면 1페이지, 10페이지, 100페이지가 쉬운 일은 아니다. 그렇지만 '티끌 모아 태산'이라고 글이 모이면 책이 된다.

책을 만드는 이유에 대한 대답은 다양하다.

'인사유명(人死留命) 호사유피(虎死留皮)'의 글이 있다. 사람은 내 이름과 명예를 중요하게 생각한다. 유명한 사람이 되고 싶기도 하고 존중받거나 자랑하고 싶은 일도 있다.

책하나 만드는 게 소원인 경우도 있다. 나는 소중하니까.

글을 쓰면 느낌이 다양하다.

글을 모아 내 책 만들기 한 느낌은 여러 가지다. 나 자신을 더 잘 알 수 있었고, 과거 추억이 생각나 성찰하게 된다. 글을 쓰면서 잡념이 사라지는 경험도 한다. 내 생각을 표현하면서 부족함을 알게 된다.

유시민 작가는 "글쓰기는 축복이다"라고 말한다.

"이 세상을 잘 사는 만큼 쓰고, 혹평과 비난 댓글을 겁내지 말라며, "글쓰기는 기능"이라고 하였다. 글쓰기의 기쁨은 바로 깨달음이 된다는 의미다. 나를 돌아보는 계기가 된다.

글쓰기는 나의 생각이고, 나를 찾는 게임이다.

내 글은 바로 나 자신이다. 내 글은 나를 발견하는 돋보기다. 나를 정확하게 이해하고, 나를 깨닫는 기회가 된다.

글 쓰는 방법은 각자 느낌대로 써 가는 것이다.

내가 쓴 글이 많아지면, 즐겁고 또 다른 생각이 나면서 뿌듯한 경험을 한다. 즐겁고 행복한 글을 쓰면서 고민도 되고, 단어를 쓰다가 지난 일을 반성하며 깨달음을 가지게 된다. 고민하고 궁리하고 생각을 많이 하게 된다.

글쓰기는 내가 성장하는 기쁨을 얻는다.

'나는 작가다' 생각하고 글쓰기 한다.

글쓰기 습관이 형성되면, 내 운명이 바뀐다. 매일 매일 습관이 중요하다. 글쓰기는 나와 대화하기 위해서 쓴다. 글쓰기는 나와 소통하기 위해서 쓴다. 자신 일상에서의 소감과 느낌, 독서 후 알게 된 점, 깨달은 점을 기록하고 후에 주제를 정해 내 책 만드는 것이다.

글을 쓰기 하여 작가가 된다면 이는 자랑스러운 일이다.

글 쓰면서 작가 되면 설레고 '나 이런 사람이야.' 자랑도 하고 싶고, '인세 좀 받으면 좋겠다.', 생각하며, 인기도서 작가의 꿈도 생긴다. '나도 작가야', 명예도 생긴다.

자부심과 자신감이 껑충 뛴다.

자신에 대한 자존감도 향상되고 기쁨을 주체할 수 없게 된다. 자꾸 홍보하게 된다. '나 이런 사람이야.' 만족은 행복을 가져다준다. 글을 쓰고 책이 완성되면 과정의 고통은 다 사라지고 즐거움이 온다. 내 책을 만들면 누구나 경험하는 행복이다. 만족하면 다행이고, 욕구가 생기면 또 다른 책을 쓰게 된다. 스스로 잘하는 일 좋아하는 일을 하면서 글로 세상에 이바지하는 자아실현의 삶의 기회가 된다.

내 삶을 글로 쓴다.

일상의 모든 일이 글이 된다. 글쓰기는 일상의 일을 작성하는 것이다. 인생 경험이 글감의 모든 것이다.

글쓰기는 가치 있는 삶을 찾아가는 길이며, 자기 만족하는 생활이다. 글 쓰는 일과 경험은 작가 되는 지름길이다.

책을 읽는 자가 작가다.

책을 읽는 자는 작가 되는 길을 빠르게 걷고 있는 행동이다. 내 글은 내가 주인이다. 내 글을 읽고 독자는 판단한다.

독자는 내 글에 비판을 할 수 있지만 나는 내 책 만든 것에 만족하면 그만이다. 다음에 더 좋은 내용의 글을 써서 책을 만들면 된다. 독자에게 필요한 책이 무엇인지 잘 모른다.

다만 나 에게도 이롭고 남에게도 좋은 책을 쓰면 금상첨화이다. 독자의 만족을 얻게 될 것이다. 내가 글을 쓰는 즐거움과 내 책을 만드는 기쁨을 누리기를 기대한다.

5. 글 모으기 어떻게 하지?

신문을 읽거나 책을 보면 좋은 글이 많다.

이를 읽고 끝나는 게 아니라 요약하고 느낌을 적는다. 글쓰기에 좋은 습관이다. 컴퓨터로 입력하거나 메모장에 기록한다. 유튜브나 강연의 내용도 마찬가지이다. 공부하다 메모하고, 업무 보다가 많이 기록한다.

좋은 글들을 차곡차곡 모으다 보면 양이 늘어난다.

돈이 쌓이면 재산이 증가하고 부가 형성된다. 짧은 글과 메모가 쌓이면, 글감의 재료가 많아지고 나중에 책 만드는 글감이 된다. 한 문장 한 문장 기록하는 게 중요하다. 글이 모이면 책이 된다. 이것은 내 책 만드는 데 활용한다.

글을 잘 쓰려면 독서를 하면 좋다.

책을 읽으면 내용 중 좋은 글이 있다. 이를 적거나 요약하고 느낌을 기록한다. 독서는 알고 싶은 내용 깨닫게 하고, 모르는 내용은 더욱 궁금해지게 한다. 알게 되면 터득하고 세상을 보는 눈이 달라진다. 글도 마찬가지다. 글 쓰면 주제에서 궁금한 것이 확대된다.

글쓰기는 오감을 총동원하는 일이다.

모든 분야가 궁금해지고 호기심이 생긴다. 주제에 관심 가지거나 몰입하게 된다. 주제와 관련된 내용을 글로 쓰면 된다. 말과 글은 의미와 뜻이 다른 경우도 많다. 동문서답일 수도 있다. 글쓰기는 내 생각을 정리하고 책으로 만드는 일이다. 책을 만들면 저자가 되고 초보 작가 된다.

주제를 정하고 몰입하면 글감이 생각난다. 생각나는 대로 쓰면 글의 양이 많아진다. 주위 사람들과 아이디어는 공유하고, 글을 쓰는 일을 반복한다.

독서 후 지식을 얻게 된 사항을 글로 쓰고 요약하거나 느낌과 소감을 쓴다. 여행 전과 후 경험과 느낌, 일상을 지내면서 느낌과 소감도 기록한다. 일기 쓰듯이 메모한다. 짧은 글쓰기 내용은 수정하고, 고쳐쓰기를 반복하는 일이다.

강원국 작가가 강연에서 한 말이다.

"요리 재료가 많으면 다양한 요리를 할 수 있다. 레고 블록의 수가 많으면 다양한 창작물을 조립할 수 있듯이 글쓰기에도 다양한 메모가 필요하다"라고 말했다. 글은 직접 쓰고, 글을 모아야 글감의 재료가 쌓이게 된다. 재료가 많아야 책을 쓰기가 쉬워진다는 의미다.

한 글자는 단어가 되고,

한 단어는 문장이 된다.

한 문장은 문단이 되고,

한 문단이 많아지면 원고가 되고,

원고가 모이면 책이 된다.

다양한 느낌의 글을 쓴다.

좋은 글 나쁜 글 이상한 글 따로 없다. 독서하고, 좋은 문구를 베껴 쓰기부터 한다. 생각과 느낌, 소감, 경험을 기록한다. 글이 쌓인다. 메모하는 습관은 글쓰기의 주춧돌이다. 생각대로 쓴 메모는 요리할 때 필요한 양념이다.

글, 명언, 신문, 스크랩 등 메모가 모이면 책을 완성할 수 있다. 그동안 틈틈이 작성한 저자의 메모 사례이다.

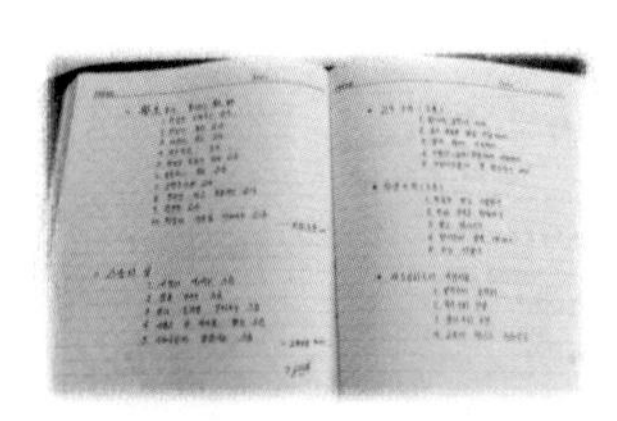
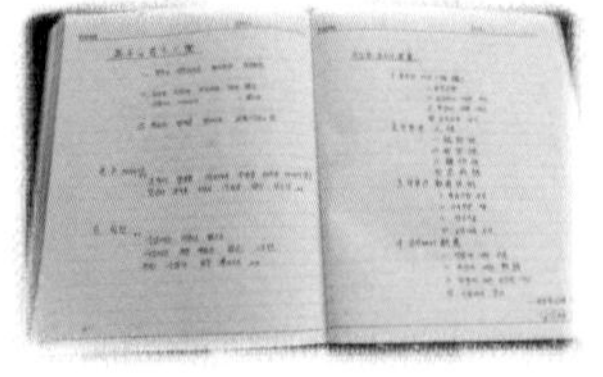

6. 나는 글을 쓰는 작가다

글쓰기는 아무나 하는 것이다.

글 쓰는 사람이 정해진 것은 아니다.

바쁜 삶에서 누군가는 책을 읽고 글을 쓴다. 누구나 글을 쓸 수 있지만 아무나 쓰지를 않는 게 현실이다. 글쓰기가 어려운 건 당연하다.

글쓰기는 누구나 할 수 있다.

다만 누구나 시작하지만 아무나 글을 쓰고 책을 만드는 것은 아니다. 누군가는 글을 쓰고는 싶은데 무엇을 써야 할지 고민한다. 당연한 생각이고 엄두가 나질 않아서 포기하는 경우가 많다.

글을 쓰려고 마음먹고 쓰기 책을 구매하고자 서점에 가면 글쓰기 관련 책이 무척 많다. 그뿐만 아니라 글쓰기 강좌가 도서관, 평생학습센터, 유튜브 등 찾으면 매우 많다. 선택하여 들어보면 글쓰기에 많은 도움을 준다.

무엇을 어떻게 쓰지?

글을 쓰는 사람이 작가다.

글쓰기에는 정답이 없다.

다만 글쓰기 정석과 정성, 요령이 있을 뿐이다.

매일 끄적이고 컴퓨터로 치면 된다. 요즈음에는 마음먹기에 따라 상황이 아주 다르다. 아이디어만 있으면 누구나 글을 쓸 수 있는 시대이다. 말을 할 줄 알면 누구나 글쓰기를 할 수 있는 것이다. 말을 글로 바꾸면 된다. 말을 글로 바꿔주는 어플도 있다. 요즈음에는 말을 글로 바꾸어주는 앱 검색하면 다양한 앱이 등장한다. 유튜브에는 책을 읽어주는 사람도 많다.

인공지능 등장으로 편리한 세상이다.

과거엔 글쓰기가 무척 힘들었다고 한다. 원고지에 글을 쓰는 시대에서, 말을 하면 글이 써지는 세상이다. 앱을 실행하고 스피커에 말하면 글로 바뀌는 세상이다.

글쓰기는 내 생각을 글로 쓰는 것이다.

생각하는 것을 한 줄로 쓰면 시작이다. 마치 밥 먹듯이 하루에 몇 줄 작성하면 된다. 매일 하려면 꾸준함이 요구된다.

책을 만들려면 글감이 필요하다.

글감은 개인의 삶에서 생긴다. 여러 가지 재료가 있어야 맛있는 요리를 만드는 원리다. 특별요리는 특별한 재료가 있어야 한다. 따라서 일상을 기록하는 게 중요하다. 이는 글감이 된다. 책 만드는데 필요한 재료가 된다. 따라서 글감이 많이 준비해야 책을 만드는 데 활용하는 것이다.

무엇을 쓸까?

전문 도서를 잠시 생각해보자.

예를 들면 교수는 대부분 박사로 전문지식으로 전문 도서를 주로 읽고 쓴다. 전문 도서는 전문가 되려는 사람에게 필요하고, 독자에겐 전문적인 내용이므로 전문 내용을 이해하게 된다. 일반인 중 전문 서적에 관심이 있겠지만 대부분은 무관심일 수 있다.

내 생애가 바로 나만의 전문가다. 나도 전문가다. 내가 바로 전문가다. 내 삶의 이야기에 의미 있는 삶의 가치를 덧붙여서 작성하는 게 '자서전'이다.

시, 소설, 에세이…. 무엇을 쓰느냐는 글 쓰는 자의 몫이다.

누구나 글을 쓰지만 무엇을 쓸지는 고민이다. 삶의 현장은 바쁘다. 글을 써야겠다고 마음먹었다면 무조건 쓴다. 생각만 하면 고민만 깊어진다. 고민하지 말고 쓴다.

일단 일상을 쓴다.

현재 하는 일에서 일기처럼 모든 사항을 기록해 두면 글감의 재료가 된다. 메모의 수는 책의 재료가 된다. 현재 하는 일에서 폭을 넓히면 글감이 무궁무진하다.

내 일상의 내용을 쓴 글이 원고이다. 원고는 작성된 글감에서 주제를 찾아서 합친다. 글이 모이면 정리한다. 차례에 맞게 글감을 목차에 맞게 합친다. 이를 이용하여 책을 완성한다. 책은 글감이 기본이다.

일반 독자가 감동하는 도서를 만드느냐의 선택은 작가에게 달려있다. 독자가 원하고 정보를 얻는 내용은 좋은 책이 된다.

글쓰기엔 공짜가 없다.

'세상에 공짜는 없다.'라고 하지 않던가. 글쓰기에는 '쓴 대로 거두리라'를 실감할 것이다. 글은 쓴 만큼 글감이 생기는 것이다. 글 쓴 이후 책을 만들어진 상황을 상상해보자. 책은 더 큰 이상과 가치를 발휘하게 된다.

'티끌 모아 태산'이라는 속담이 있다.

누군가는 '티끌은 모아도 티끌이다'라고 말할지도 모른다.

글 쓴 경험을 생각하니 티끌 모아 태산을 실감한다. 많이 쓰면 페이지 수가 늘어나는 것이다. 간단하게 핵심만 작성해도 된다. '천 리 길도 한 걸음부터'이다. 한 글자의 위력을 실감한다. 한 글자가 모여 문장이 되고 문장은 한 페이지가 되고 한 페이지가 모이니 책이 된다. 책은 한 글자부터 시작이다.

돈을 모으면 재산이 쌓이고, 메모한 한 줄의 글이 모이고 쌓이면 책 쓰는 재료가 된다. 글이 책이 된다. 책을 만들면 작가가 된다. 글 쓰고 모으면 작가 된다.

글쓰기는 창작이다.

글은 모으면 된다. 글 모으고 글 쓰면 작가가 되는 것이다. 창작에는 수많은 생각과 고통이 따르게 마련이다. 글쓰기 시작하기가 매우 어렵다고 한다. 무턱대고 쓰면 된다. 자신의 일상, 자기 삶의 과정, 독서의 깨달음, 자신의 자랑거리를 글로 쓴다. 도전하는 정신이 필요하다. 시작하는 게 중요하다. 목적의식도 필요하다. 글을 쓰고 책 만들겠다고 목표를 세우면 누구나 다 할 수 있다.

지금부터 시작이다.

글쓰기가 두렵고 어려운 이유는?

글쓰기 두렵고 어려운 이유는 안 써봐서 그렇다.

무엇을 쓸지 두렵고 막막한 게 당연하다. 하면 된다. 쓰면 된다. 누구나 마음먹기에 달린 게 글쓰기다.

처음에 누구나 글을 쓰기가 두렵다.

아무 글이나 쓴다. 메모하듯이 쓴다. 일기 쓰듯이 쓴다. 글쓰기 기술 특별한 게 없다. 일단 쓰는 것이다. 쓰면 쓸수록 즐거움이 되거나 괴로움이 될 수 있다.

나만이 알고 있는 방법은 이것이다.

내 생각이 확장되고 즐거움이 된다. 별것도 아닌 이것을 알려주는 게 쑥스럽기도 하고, 자랑스럽기도 하다.

한 권의 책을 만드는 글쓰기는 자료가 많아야 한다.

글감이 풍부하면 주제를 정하고 책 만들기가 쉽다. 책 한 권을 만들 때는 인내하며 글을 쓸 수밖에 없다. 모든 책의 '원고는 끔찍하다.'라고 말한다. 첫 원고는 누구나 형편없다고 여기는 게 대부분이다. 모든 책은 수십 번 고쳐 쓰고 수정한 것이 출판되는 것이다.

소설가 어니스트 헤밍웨이(Ernest Miller Hemingway)는 "나는 '무기여 잘 있거라'를 마지막 페이지까지 총 39번 새로 썼다."라고 한다.

작가 존어빙(john Irving)은 "내 인생의 절반은 고쳐 쓰는 작업을 위해 존재한다."라고 했다.

이는 원고를 고치고 수정을 많이 한 것을 의미한다. 원고는 퇴고할 때까지 고쳐 쓰는 것을 뜻한다. 작가는 글을 쓰고 고쳐 쓰고 수정하여 마지막에 완성된 최종 원고를 책으로 만드는 것이다. 책은 이렇게 작업한 결과물이다. 책 만드는 과정은 독자는 잘 모른다. 저자가 쓴 책의 글을 읽는 것이다.

문화체육관광부에서 발표한 내용이다.

"국민 독서 실태에서 한국의 성인층에서 지난 1년간 1권이라도 책 읽은 이는 전체 절반에도 미치지 못했다. 읽은 도서 권수도 2년 전 7권 이상이었는데, 지난해 4권 정도에 그쳤다.

종이책보다는 전자책의 활용도가 증가했다. 독서율, 독서량, 독서 시간 등 주요 지표는 수치가 낮아졌으나, 20대 독서율이 소폭 올랐고 20~30대 전자책 이용률도 높게 나타난다."라고 발표했다.[1]

---

1) 문화체육관광부 국민독서실태조사 https://www.mcst.go.kr

OECD는 우리나라 문맹률은 상위권으로 높지만, 최근 MZ 세대의 비판적 문해력이 낮다고 한다. 이를 극복하는 방법이 독서와 글쓰기를 강조한다.

한출판문화협회가 발표한 '2020 출판시장통계' 보고서에 에서도 '전자책 매출액은 매년 증가했다.'라고 발표했다.

스마트폰, 태블릿 PC 보급으로 전자책을 이용하는 모습을 쉽게 볼 수 있다. 요즘엔 전자책 앱이 등장하였다. 소설부터 오디오북까지, 전자책을 읽어주는 경우도 볼 수 있다.

파일이 있어야 전자책을 만드는 것이다. 컴퓨터에 글을 써야 전자책으로 출판하는 것이다. 인공지능 시대, 디지털 시대라고 한다. 전자책을 만들어 주는 프로그램도 많이 있다.

과거나 현재, 미래에도 글의 원고가 있어야 책이 가능한 것이다. 글은 창조하는 것이다. 글쓰기 딱 좋은 조건은 전혀 없다. 딱 좋은 방법도 절대 없다. 하물며 딱 좋은 누구도 없다. 글쓰기 누구나 시작하는 것이다. 내 책을 만들면 보람과 만족을 얻는다. 자랑스러움과 성취감, 자신감이 넘친다.

독서와 글쓰기 노력을 절대 배신하지 않는다. 독서는 지식과 지혜로 돌아오고, 글쓰기는 책이 되어 내게 온다.

글을 쓴다는 것은 나와 싸우는 것이다.

자기 자신의 생각과 싸우고, 글과 싸우면서 글쓰기 하는 것이다. 적절하게 타협하는 일이다, 이 말이 좋은가, 저 말이 좋은가, 이 단어가 좋은가, 저 단어가 좋은가, 타협하는 일이다. 글쓰기는 흰 백지 위에 천 리 길을 가기 위하여 한 걸음씩 묵묵하게 걸어가듯이 한 글자씩 쓰는 것이다.

저자도 그간 글 쓰고 책을 출판하면서 성찰한다. 삶의 경험에 감사한 일이 너무 많다. '보답하는 길은 무엇일까?' 생각하면서 지내고 있다. 글 쓰고 책 만드는 비법을 알려주는 일도 보답 중 하나라 생각하여 글쓰기 한다. 글 쓰고 무료로 내 책 만들고 작가 되는 비법을 알리고자 한다.

글쓰기는 도전이고 용기다.

도전은 아름다운 것이다. 지금부터 작가 되어 자아실현이라는 가치 있는 삶을 살아가는 기회가 되길 희망한다.

글을 쓰고 모아두고, 독서하고 베껴 쓰거나 느낌을 작성하는 게 초보 작가가 해야 할 의무사항이다. 이런 일을 반복하면 작가가 되는 지름길이다.

노력하면 다 이루어진다. 행운이 늘 함께하길 바란다.

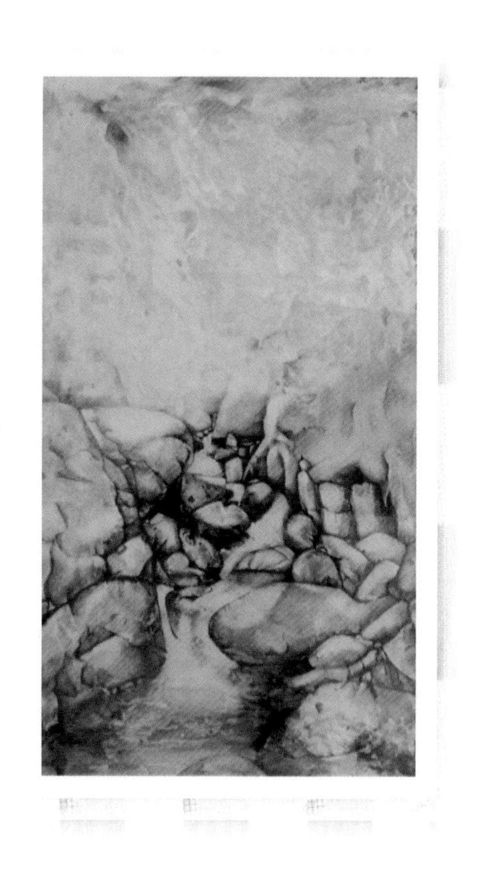

글쓰기가
힘들 때면
나는
나 자신을 격려하기 위해
내 책을 읽는다.

그러면
글쓰기는 언제나 어려웠고
가끔은 거의 불가능했음을
기억하게 된다.

- 어네스트 헤밍웨이 -

2부. 출판과정의 이해

2부 출판과정의 이해

2부 출판과정의 이해

책은 이렇게 만들어진다.

1. 책 만들기 과정의 이해
2. 출판과정의 이해
3. 내 책 출판하는 방법
   1) 독립출판
   2) 기획출판
   3) 전자출판
   4) 무료출판

2부 책 만들기 과정의 이해

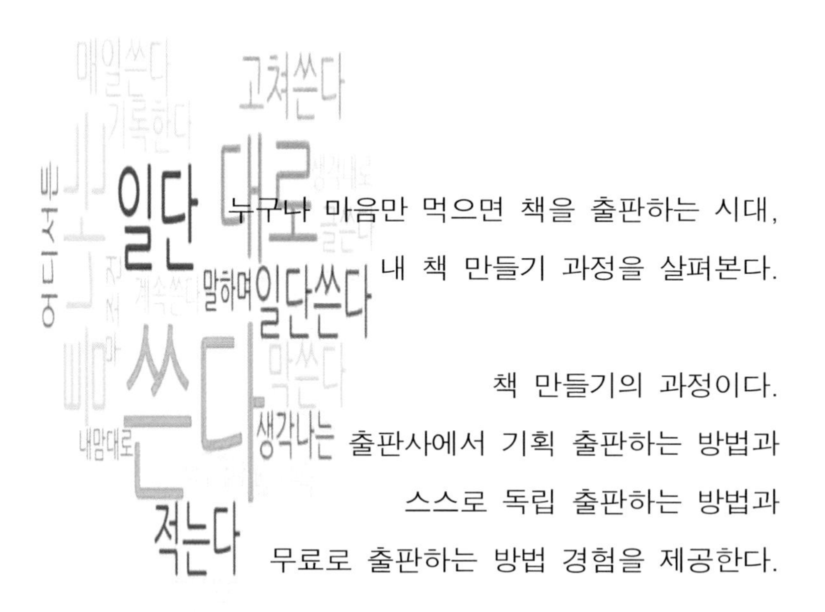

누구나 마음만 먹으면 책을 출판하는 시대,
내 책 만들기 과정을 살펴본다.

책 만들기의 과정이다.
출판사에서 기획 출판하는 방법과
스스로 독립 출판하는 방법과
무료로 출판하는 방법 경험을 제공한다.

책 만들기 과정

누구나 책을 출판하는 시대이다.

내 책 만들기 과정을 살펴본다.

처음 출판하려는 사람이라면 책을 어떻게 만드는지 참 궁금할 것이다. 책을 만드는 과정이 출판하는 과정이다. 출판은 저자가 작성한 원고를 책으로 발행하는 것이다. 출판물이 책이고, 출판하는 회사가 출판사이다.

출판사에서 책을 만들고 서점에서 판매한다.

요즈음 책을 내고자 하는 저자가 늘어나면서 출판의 방법이 매우 다양해졌다. 책 출판 방법에는 출판하는 방식에 따라 여러 가지가 있다.

일반적인 출판 세 가지 방법이다.

첫째, 출판사를 통한 출판하는 방법

둘째, 개인이 자비 출판하는 방법

셋째, 무료로 출판하는 방법이 있다.

1. 출판과정의 이해

내 책을 만들어 출판하려면 당연히 책의 원고가 준비되어야 한다. 글을 쓰고 책을 만든 후 독자들이 찾아볼 수 있도록 하는 과정이 출판이다.

출판은 여러 단계의 과정을 거친다.

저자의 글쓰기 → 저자의 출판사 요청 → 출판사와 계약

→ 최종 원고 제출 탈고 → 출판사의 편집

→ 인쇄 및 유통 마케팅 과정이다.

저자의 원고가 인쇄되어 책이 나오는 과정이다.

원고를 작성하면 그 원고는 편집과정을 거친다. 편집은 기본적으로 교정과 교열 과정을 거치게 됩니다. 맞춤법에 맞게 글자를 고치고 내용의 완성도를 높이는 과정이다.

표지와 본문 내용을 모두 디자인하면 그다음은 인쇄과정을 거친다. 인쇄 후 만들어진 책은 서점에서 판매하게 된다. 출판과정은 원고에서 책이 완성되기까지의 과정이다. 책을 만들고 유통하는 전 과정을 말한다.

출판 단계별로 소요되는 시간과 주변에서 수고하는 전문가들의 노력은 상상하면 된다.

저자의 글이 출판되어 책으로 완성되는 순간 새 책이 탄생하는 것이다.

출판에 관한 세부적인 내용은 한국출판문화산업진흥원에서 진행하는 <출판아카데미> 교육과정을 참고하면 자세한 내용을 확인할 수 있다.

https://www.kpipa.or.kr

2. 내 책 출판하는 방법 이해하기

책 출판하는 방법은 다양하다.

누구나 책을 출판하기는 쉽다. 내 책을 출판하려는 사람들이 점점 늘고 있다.

가. 독립 출판(자비출판)

독립 출판에 대해 알아본다.

독립 출판은 개인이 출판하는 자비출판이다. 자비출판은 독립 출판을 의미한다. 개인이 돈을 들여 출판하는 방법이다. 자비출판은 저자가 책에 사용되는 비용을 전액 지불하고, 개인적으로 소량을 출판하는 형태이다.

일종의 저자 출판 형태이지만 제작비, 제작 과정 업무, 서점에 유통을 작가 스스로 한다. 출판은 외주업체 즉 내 책을 출판해주는 독립출판사를 활용한다. 자비 출판사가 제작과 유통을 대행하는 경우도 있다.

'자비출판'이라고 검색하면 자비 출판사들을 찾기 쉽다.

출판 비용은 책의 전체 페이지 기준으로 인쇄 부수와 종이의 재질에 따라 각각 다르다.

인터넷 검색 [독립출판사] 하면 많이 있다. 전화하거나 주소 클릭하여 소통하며 궁금증을 해결한다.

원하는 출판사에 접속하여 저자 정보를 제공하면 소통이 가능하다. 독립출판사와 저자가 서로 협의하여 책을 만든다.

저자 정보

이름

이름을 입력하세요

전화번호

번호를 입력하세요

이메일 주소

이메일 주소를 입력하세요 직접입력 ⌄

메모

ex. 오후 시간 전화 상담 요청 합니다.

독립 출판은 저자가 출판 비용 전액 또는 일부를 부담하는 것이다. 책 만드는 데 필요한 원고 페이지와 수량을 독립출판사와 협의하여 독립 출판을 할 수 있다.

독립 출판으로 작게 시작했지만, 나중엔 인기도서 될 수도 있다. 독립 출판은 저자가 스스로 출판사를 신고하여 출판하는 경우도 있다. 저자의 원고를 출판해주는 독립출판사도 주변에 찾아보면 많이 있으니 선택하여 출판하면 된다. 요즈음엔 대행 출판도 해주는 경우도 많아지고 있어 내 책 출판은 어려운 시대는 아니다.

독립 출판은 내 책을 소장용으로 책을 제작하면 너무 쉽게 만들 수 있다. 유통 방식도 작가가 선택할 수 있다.

서점(온라인 포함)에 유통할지, 도서 총판을 통한 전국 서점에 판매할지 원하는 대로 선택할 수 있다. 내 책을 판매하려면 영업과 마케팅까지 저자가 하기에 어려운 분야이다.

내 책을 저자가 비용을 주고 출판하므로 높은 인세를 보장하지만 권장하지 않는다. 저자의 수고가 많기 때문이다.

내 책을 적정량(기준 없음) 소량 제작하여 저자가 직접판매 또는 우편 판매에는 아주 좋은 방법이다.

나. 출판사에서 출판하는 기획 출판

일반출판사 출판은 저자의 글이 출판사에 선정되고 계약하면 인세를 받고 책으로 출판되는 과정이다. 대형출판사(중소형출판사) 모두 원고가 선정되어 출판하는 방식을 기획 출판이라 한다.

원고가 완성되기 전·후에 출판사에 제안하는 방법이다.

일부 작가는 출판사로부터 글을 써 달라고 제안을 받을 수 있다. 유명한 작가는 이렇게 글을 쓴다. 대형출판사는 기획출판(출판사를 통한 출판)을 한다. 저자가 올린 블로그에 글을 보고 출판사로부터 연락받아 계약하게 되는 일도 있다. 출판사가 먼저 제안하면 금상첨화이다. 대부분 저자가 원고를 쓰고 출판사에 원고를 제출하여 요청하는 방식이다.

저자의 오래된 출판 경험이다.

처음엔 출판사에서 책의 원고를 써달라고 대형출판사에서 요청이 왔다. 중고등학교의 참고도서 및 문제집이었다. 개정 교육과정 시기에, 문제 만들어 원고 작성하고, 원고료를 받았다. 교과 내용의 시험문제 만들어 원고료를 받으니, 무척 뿌듯하고 감사했고 좋은 경험이었다.

컴퓨터가 보급되면서 학습자료로 UCC 제작 및 동영상 편집이 대세인 시기의 경험이다. 80~90년대 교사들이 연구자료 만들던 시기에 참고 도서가 거의 없었다. 동영상 편집 프로그램을 접하고 만들면서 책을 만들어 원고를 작성하고 출판하게 되었다. 이때는 저자가 일정 비용을 부담하고 출판사에서 출판하여 완판되었다. 도서의 이름은 [캠콜]이며 지금은 절판이다.

프로그램은 업그레이드되어 지금도 동영상 유튜브 편집하는 사람들이 많이 사용하는 프로그램이 되었다. 프로그램 이름은 '캠타시아 스튜디오'이다. 또한 새로운 플래시 저작도구 프로그램을 번역하면서 해석하고, 사용법 원고 만들어 출판사에 의뢰하여 기획 출판했다. 이때는 교사들의 저작도구 개념과 활용 방법 책이다. 이 책이 [렉토라]이다.

이후로 개인 사정으로 인하여 잠시 글을 쓰는 일은 멈추고 메모만 하고 수업과 연구에만 집중하며 지냈다. 이후로 수업 관련 자료를 많이 만들고 지내면서 수석교사가 되었다.

지금 누구나 저자 되는 경험을 모두에게 알리고자 이 원고를 작성한다. 글만 있으면 저자 되는 길은 무궁무진하다.

기획 출판 요령이다.

저자가 쓴 원고(완성)를 출판사의 사이트에서 메일을 통해 출판을 요청하는 경우이다. 또는 서점의 책 뒷면 판권 부분을 보면 보통 출판사 이메일 주소가 있다. 메일 주소에 최대한 홍보하는 기획안을 준비해서 메일을 보내면 된다. 저자의 적극적인 출판 요청 방법이다. 출판사에 투고하면 선정 여부는 출판사에 달려있다.

좋은 원고는 즉시 채택되는 확률이 높다고 할 수 있다. 원고를 제출하면 출판사에서 검토하여 계약이 이루어진다.

다만 좋은 원고라 하더라도 누구나 다 계약이 이루어지는 것이 아니다. 어떤 경우에는 즉시 제안받기도 하고 거절도 받는다. 메일 답장이 1주일 이내 없으면 거절로 보는 게 타당하다.

저자도 출판사에 한 두 번 요청했을까?

출판 요청 메일을 많이 보냈지만 수십 번 거절을 받고서 실망한 적도 많다.

'독립 출판?' 몇 번 생각했었다.

그래도 원고는 내 컴퓨터 창고에 보관된다.

어느 날 인터넷 검색하다가 무료 출판 사이트를 알게 되어 지금까지 여러 권의 책을 무료로 출판하게 되었다.

교사의 경험과 느낌을 작성하고 여러 권의 책을 만들어 출판하고 독자에게 선정되기를 기다리고 있다.

기획 출판은 누구나 다 원한다.

출판사가 필요한 비용을 모두 부담하고, 저자는 인세를 받는 형태로 진행되는 책을 출판하는 방식이므로 저자에겐 너무 좋다. 출판사 입장은 좋은 원고만 선정하려고 한다.

글의 선정 여부는 원고의 내용에 따라 다 다르다.

출판사에 원고를 제출하여 채택되는 성공 가능성이 1% 정도라고 한다. 인세도 10% 이내다. 초보 저자의 경우 5~8% 정도로 산정되는 경우가 많다고 한다.

기획 출판은 출판사의 수익과 관계되기 때문에 원고 선정에 매우 신중하다. 출판사업은 자선사업이 아니다. 수익사업이다. 원고 중에 좋은 것을 선별하여 출판하는 게 당연하다.

저자의 입장은 제출한 원고가 선정되길 바라지만 출판사 입장은 수익을 내는 사업이다. 책을 인쇄하여 출판하면 사업성이 있어야 하는 것은 당연하다. 출판사는 판매가 가능한 원고를 선정하는 것이다. 출판사도 사업이고 원고에 투자하는 것이므로 높은 수준의 원고를 요구할 수밖에 없다.

기획 출판은 좋은 원고를 투고해야 한다.

저자도 기획출판 경험이 많지 않으므로 자세한 내용은 잘 모른다. 이 글을 읽는 독자에게 감사할 따름이다.

단지 무료 출판 경험이 많으므로 4장에 자세하게 다룬다.

반 기획 출판 (출판사 출판+자비부담)에 대하여

일부 출판사의 경우에는 저자와 출판사의 비용을 반반씩 투자하여 출판하는 경우가 있다.

출판에 대한 합의 과정을 거치게 된다. 전화를 주거나, 대면으로 진행하고 서로 적절하게 계약하는 경우다. 출판 비용 전액을 출판사에서 출판하면 비용이 부담되니까 저자에게 일정 금액을 부담하자고 제안하는 경우다.

출판 비용 일부는 작가가, 일부는 출판사가 부담하고 인세를 지급하는 구조다. 원고의 내용에 자신이 있고 판매 수량에 어느 정도 자신이 있으면 이렇게 해도 좋다. 책값에 대한 인세를 많이 챙길 수도 있다. 이런 경우가 증가추세다.

출판사와 계약서 작성하고 최종 원고를 전달한다. 최종 원고 전달(탈고)하면, 편집 및 검토를 거쳐 인쇄 및 유통은 출판사가 담당한다. 책이 인쇄되면 전국 서점에 책들이 유통된다. 이 과정은 모두 출판사에서 진행한다. 저자는 책이 잘 홍보되어 독자의 선택을 기다리게 된다. 저자도 다양한 방법으로 홍보하면 상호 간 이익이다.

기획 출판이 안 된다고 실망하지 말고 출판사와 간접 출판해도 된다. 출판 비용을 일정 금액 부담하더라도 출판하여 저자 되는 경험을 하시기 바란다. 반반 출판은 쉽게 출판을 할 수 있는 장점이 있다. 여러 군데 비교 해서 잘 따져보고 결정한다. 원고가 완성되었으면 출판하는 게 저자 되는 길이다. 많이 팔릴 것이라는 생각이 들면 자비출판을 선택하는 방법도 있다. 내 이름으로 된 내 책을 만들어 보자.

내 책 어떻게 만들까?

출판사와 협의하여 내 책을 출판하길 권장한다. 왜냐하면 출판은 원고가 작성되기까지의 수고와 고생의 대가를 보상받는 일을 생각하면 간단하다. 저자 되는 길이 쉽지 않다.

내 원고는 기다린다고 '출판해줄게요' 전화가 오는 게 아니다. 내 원고는 내가 빛을 발휘하도록 방법을 생각 해야한다.

기획 출판, 반반 출판, 독립 출판, 무료 출판이든 내 책 만들어 저자 되는 경험을 해보시길 소망한다.

라. 전자 출판

요즘 전자 출판 대세이다.

전자책을 제작하는 프로그램은 무료 프로그램이 있고, 유료 프로그램이 있다. 무료 전자 출판해주는 사이트도 많이 있다. **[유페이퍼]와 [부크크]만 소개한다.** 이유는 저자의 경험이 2곳뿐이기 때문이다.

[유페이퍼] 전자책 출판하기

유페이퍼(Upaper)는 대한민국의 전자책 오픈 마켓 솔루션 서비스 회사다. 무료로 전자책을 만들어 주고 판매도 해준다. 원고가 있으면 도전해보길 바란다.

https://www.upaper.net/

[유페이퍼]는 무료로 전자책을 출판해주며 판매를 해주는 사이트다.

① [유페이퍼] 사이트에 접속하고 [회원가입]을 한다.

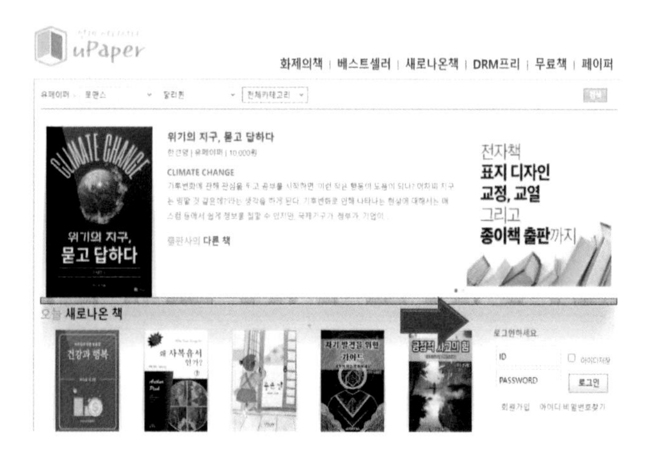

회원가입의 아이디와 내용을 입력하고 [확인]을 클릭한다.

아이디	[중복확인] 3~20자의 영문 소문자, 숫자, '_' 사용
패스워드	4~16자의 영문 대소문자, 숫자 및 특수문자 사용
패스워드재입력	
본인 이름	
이메일	
휴대폰	국가코드 +82 본인확인용 연락처입니다.

☐ 서비스 이용 약관 및 개인정보 취급 방침에 동의 합니다.

회원이용약관 보기

개인정보처리방침 보기

[취소] [확인]

② 회원 가입 후 다시 로그인하여 접속한다.

기본정보를 [확인]한다.

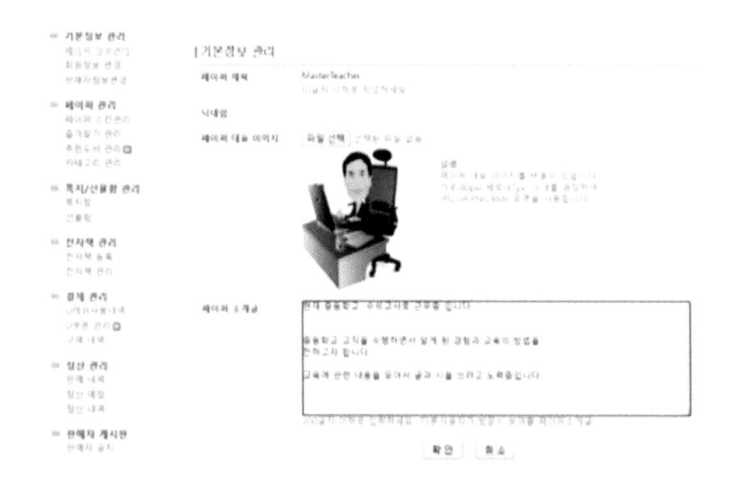

③ 로그인하고 아래의 [전자책 제작, 등록하기]를 클릭하고 출판 원고를 등록한다.

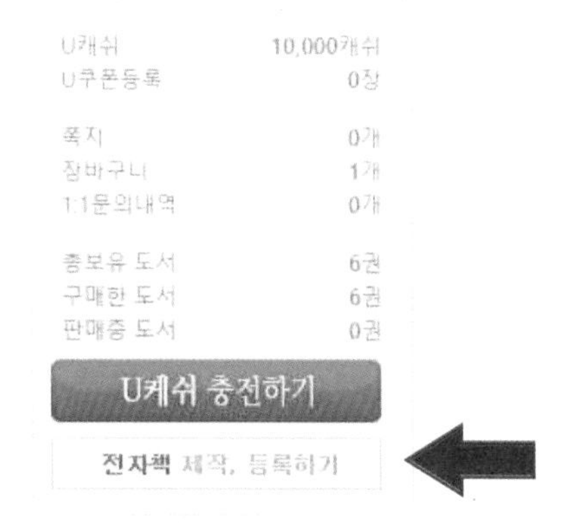

④ [전자책 등록]을 클릭하고 등록하면 된다.

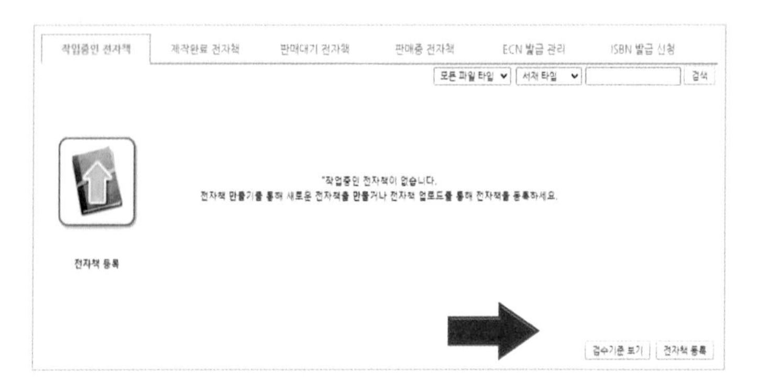

⑤ [전자책 정보수정] 사항에 입력하고 수정할 수 있다.

⑥ [전자책 파일 등록] 하고 입력하고 수정 하면 된다.

유페이퍼는 전자책만 무료로 등록하고

판매도 가능한 전자책 무료 제작 사이트이다.

부크크 전자책 출판하기

부크크(BOOKK)는 (주)부크크에서 운영 중인 국내 단일 POD 자가 출판 플랫폼이다.

부크크는 책을 무료로 내고 싶은 분들에게 좋은 자가 출판 플랫폼이다. 무료로 출판할 수 있다. 책 판매도 가능하고, 소장용으로만 만들 수 있다. 독자가 주문할 때 한 부씩 인쇄하여 배송하므로 재고 위험 부담도 전혀 없다. 인세 부분이 다른 출판사보다는 전자책 70% 종이책 35%이다.

책 표지는 무료로 제공한다.

원고를 부크크 원고 서식에 맞게 작성하면 된다. 제작된 다양한 표지와 내지 디자인 등 원고 교정까지 다양한 출판 서비스를 비용을 주고 구매할 수 있다.

https://www.bookk.co.kr/

부크크 출판의 여러 가지 특징이다.

책의 표지나 원고 교정 등은 일정한 비용이 든다. 책이 완성되고 난 후 교보문고나 YES24, 알라딘 인터넷 서점 외부 유통할 수 있다. 원고 교열 교정도 스스로 해야 한다. 다만 일정 비용을 주면 원고를 보기 좋게 아름답게 편집해준다.

부크크는 출판방식이다.

POD(publish on demand) 출판이다. 한 번에 많은 책을 만들어두는 것이 아니라 주문이 들어올 때마다 책을 찍어 내보내는 방식이다. 재고에 대한 부담은 없지만 독자가 주문하면 받아보기까지 시간(7주일 이내)이 걸린다.

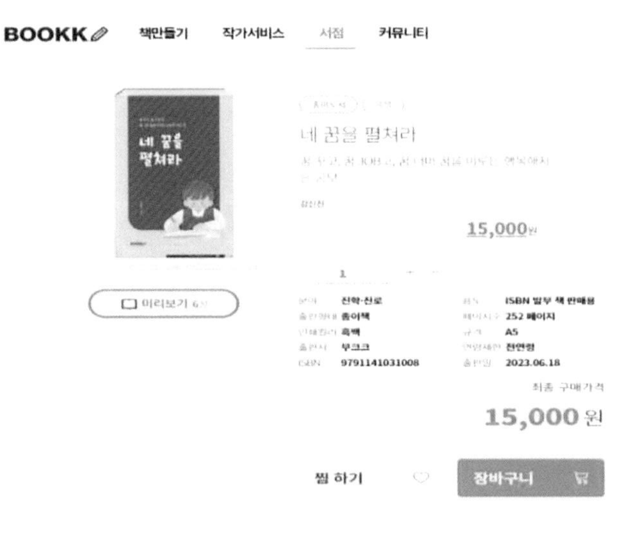

부크크의 내 책 만들기 무료 출판하는 방법의 실제는 4부에 자세하게 다룬다. 부크크 무료로 출판한 전자책이다. 전자책으로 무료 출판한 4권의 책이다.

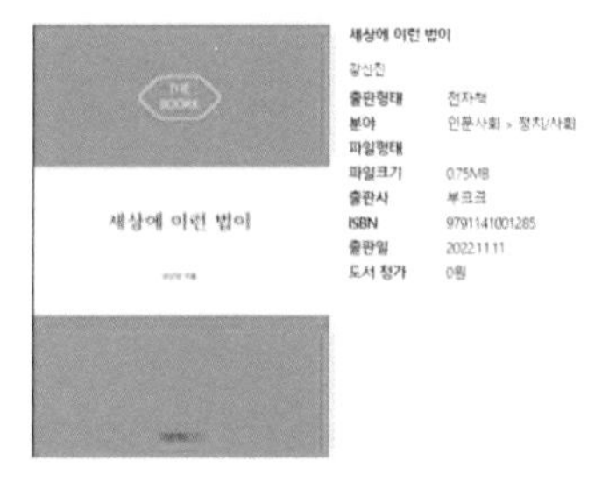

부크크의 내 책 만들기 무료 출판 방법의 실제는 4부에 자세하게 다룬다.

무엇을 쓰든
짧게 써라.
그러면 읽힐 것이다.
명료하게 써라.
그러면 이해될 것이다.

그림 같이 써라.
그러면
기억 속에 머물 것이다.

- 조지프 퓰리처(Joseph Pulitzer) -

3부. 내 책만들기의 비법이다

3부. 내 책 만들기 비법이다

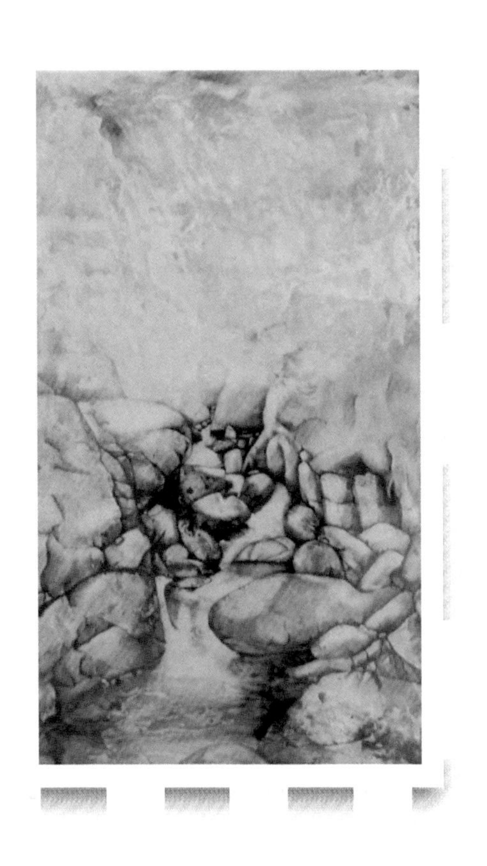

3부 내 책 만들기 비법이다

책 만드는 과정을 살펴보자

1. 나는 글을 쓰는 작가다
2. 글 무조건 쓰기
3. 글 DATA 어떻게 모을까?
4. 주제별 글 모으기
5. 책 주제와 차례 만들기
6. 차례 만들기
7. 머리말 만들기
8. 에필로그 만들기
9. 추천사 만들기
10. 표지 만들기

3부 책 만들기 비법이다

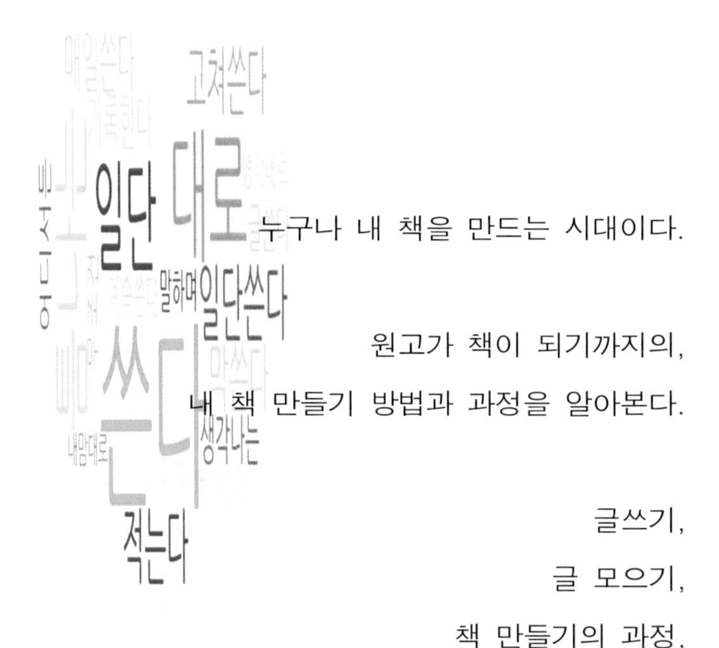

누구나 내 책을 만드는 시대이다.

원고가 책이 되기까지의,
내 책 만들기 방법과 과정을 알아본다.

글쓰기,
글 모으기,
책 만들기의 과정,
내 책 만드는 사례와 방법을 살펴본다.

내 책 만들기 비법이다

이번 장에서는

내 책 만들기의 과정과 사례에 대한 비법이다.

글쓰기, 글 모으기, 책 만들기의 과정, 내 책 만드는 사례와 방법에 관한 내용이다. 그동안 내 책 만드는 기초적인 내용을 살펴본다.

글쓰기 방법

글 모으기 방법

원고 쓰기 방법

원고 편집하기 방법

글 편집하기 방법

차례 만들기 방법

내 책 만드는 방법과 사례

내 책 만드는 과정의 구체적인 사례이다.

1. 나는 글을 쓰는 작가다

글을 쓰는 사람은 작가이다.

글에 대해 생각하고 창의력을 발휘하여 글을 쓴다.

매일 또는 가끔 쓴 글 한 줄, 한 장, 두 장, 수십 장 모은다. 이렇게 모은 글이 책이 된다.

책을 출판하면 작가가 되는 것이다.

작가는 글을 쓰고 책을 만드는 창조자이다.

작가 되기 참 쉽죠?

작가만 글을 쓸 수 있을까?

글쓰기는 누구나 하는 것이다.

누구나 작가가 될 수 있고, 아무나 글을 쓸 수 있다.

글을 쓰고 내 책을 만들면 작가 되는 것이다. 글을 쓰는 자는 모두 작가다. 단지 어떤 분야의 글을 쓰느냐가 장르를 결정하게 된다. 시, 소설, 수필, 경제, 경영, 리더십, 수필, 동화, 다양한 분야가 수두룩하다. 분야별 선택하고 글을 쓰고 모으고 책을 만드는 것이다.

작가의 삶은 글쓰기 일상이다.

어떤 분야의 글을 쓰고 싶은지 생각하면 된다. 쓰고 싶은 분야를 자신이 잘 알고 있는 취미나 특기, 전문 분야 직업의 분야를 제일 쉽게 쓸 수 있다.

나도 작가라는 꿈을 꾸면 시작이다.

책을 읽고, 글을 쓰는 삶이 성장하는 삶이다. 생각하며 사는 것이다. 질문하고 싶은 내용을 찾아보는 것이 독서다. 책을 읽고 내 마음의 글을 쓰는 일이 미래 내 꿈을 이루는 것이다. 작가 되는 길 너무나 쉽다.

이제는 글 무조건 쓴다.

아무 글 대잔치이다. 나의 일상에서 글을 쓰고 내 책 만들어 작가 되는 방법을 살펴본다.

여러분도 내 책을 만드는 방법을 잘 이해하고 따라 한다면, 작가 될 것이라고 확신한다.

2. 글 무조건 쓰기

글을 쓰고, 글을 모으면 책의 재료가 되고, 이를 모아서 내용을 구성하고 출판하면 책이 된다.

책 어떻게 만들지?

아주 간단하다.

글의 재료가 있어야 책을 만들 수 있다. 그냥 쓰면 된다.

글을 쓰면 글이 모이고 쌓인다. 쓰고 싶을 때 쓰면 된다.

한 줄도 좋고 한 장도 좋다. 무조건 쓴다. 일기 쓰듯이 매일 쓰면 좋고 가끔 써도 좋다. 나를 위한 글을 쓴다. 이게 습관이 될 때까지 쓰면 작가 되는 지름길이다. 글쓰기 왕도는 그냥 매일 쓰는 것이다. 현재 유명한 작가들이 공통으로 하는 글쓰기의 기본 명언이 있다. "일단 쓰세요"라고 말한다.

3부 내 책 만들기 비법이다.

안중근 의사(義士)의 "一日不讀書口中生荊棘(일일불독서구중생형극) 하루라도 글을 읽지 않으면 입안에 가시가 돋는다."라는 명언을 남겼다. 독서의 중요성이다. 독서는 생각을 도와주는 보약이며, 지혜를 터득하는 보물단지다. 책을 읽으면 공부가 된다. 좋은 문구는 베껴 쓰거나 고쳐 쓴다. 모아두면 글감의 재료가 된다.

"모방은 창조의 어머니"라고 한다.

일단 쓰는 글쓰기를 강조하며 바꿔본다.

'하루라도 글 쓰지 않으면 손가락에 관절염 생긴다.'라고 고쳐쓰기 해본다. 스스로 창의적인 아이디어에 만족할 것이다. 글은 이렇게 바꿔쓰기 한번 시도해본다.

글쓰기는 모방이다. 모방하는 방법도 간단하다. 좋은 글을 읽고 기록한다. 베껴 쓰는 것이다. 글을 읽으며 바꾸는 것이다. 단어나 문장을 바꿔본다. 이런 습관을 들이면 문장 바꾸는 게 재미를 느낀다. 재미있는 글쓰기는 힘들지 않다. 아이디어가 술술 나오게 된다. 아이디어가 생기지 않으면 쉬면 된다. 산책하고 여행하며 즐기면 된다. 휴식하면 머리가 맑아진다. 휴식은 창조의 원동력이다.

멍때리자.

밤하늘 쳐다본 적 있는가?

하늘 멍, 구름 멍, 달 멍, 별 멍하면 추억이 새록새록 기억난다. 불 멍, 넋 놓고 물 구경, 산 멍 등 멍때리면 좋은 경험이 된다. 잡념이 사라지는 시간이 된다.

글쓰기는 집념이다.

일단 쓰고 일기처럼 매일 쓰면 글감이 많아진다. 좋은 글을 보고 베껴 쓰고 바꿔쓰다 보면 글감이 늘어나게 된다. 많은 글감은 나중에 내 책 만들기가 쉬워진다. 글의 재료는 책 만드는 보물이다.

'구슬이 서 말이라도 꿰어야 보배다'라는 속담 의미와 같다. 글은 구슬이요, 꿴다는 것은 책을 만든다는 의미다. 글의 재료가 많이 있어야 책을 만들 수 있다는 의미다.

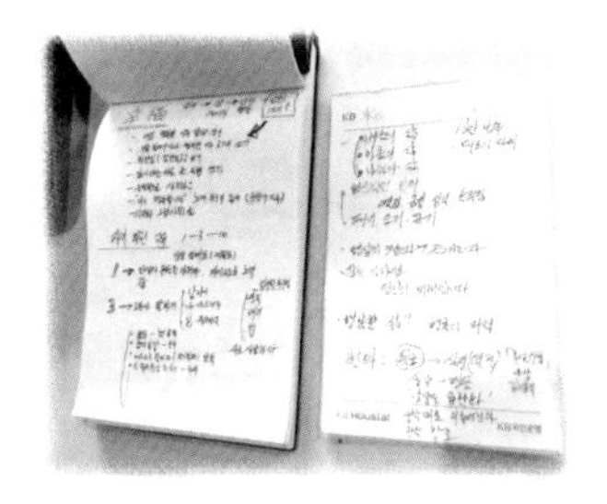

3. 글 DATA 어떻게 모을까?

일상의 어떤 일을 글로 쓴다.

생활에서의 주제를 정할 수도 있고, 일상의 루틴을 작성해도 좋다. 글이 문장이 되고, 문장이 문단이 되고, 문단이 모여 한 장의 원고가 되고, 이 원고가 모여야 책이 된다는 사실을 기억해야 한다.

글은 모으면 재산처럼 글 창고에 쌓인다. 마치 눈덩이를 굴릴 때 생기는 이치이다. 글 재료가 모이면 책이 된다.

내 글이 없으면 내 책은 없다.

글 어떻게 모으지?

기본적인 방법은 내가 직접 써서 모은다.

내가 직접 작성한 글이 모이면 글 데이터가 쌓이는 것이다. 메모한 글, 직접 작성한 글, 고쳐쓰기 한 글, 베껴 쓰기 한 글을 컴퓨터에 모은다. 글 쓰는 것은 능력이다.

글 모으는 것은 대단한 능력이다.

신문이나 기사의 내용을 참고한다. 최근 인터넷 기사를 읽는 게 아니라 간단하게 보는 사람이 많이 있다. 이런 글을 모으면 글 재산이 된다. 나중에 주제를 선택하여 바꿔쓰거나 인용하면 된다. 신문의 내용 중 좋은 글은 스크랩해 둔다. 잡지, 도서, 인터넷 기사는 편집된 좋은 글이 많다. 이 글을 모아서 내가 필요한 주제를 잡고, 베껴 쓰고 바꿔쓰며, 책 쓸 때 인용하면 된다.

누군가는 블로그나 브런치에 작성해 둔다. 이런 방법은 아주 좋은 방법이다.

핸드폰에도 글을 작성하는 앱이 많다. 어디든지 글을 모아두면 재료가 쌓이는 것이다.

저자의 [브런치 스토리]다.

브런치 작가 신청은 선택이다. [브런치 스토리]의 좋은 장점은, 무료이고 내 글을 오랫동안 저장하는 창고이다.

글 DATA 모으는 방법을 정리한다.

하나, 직접 쓴다.

둘, 다른 사람의 글을 모은다.

셋, 신문이나 잡지를 스크랩한다.

넷, 강의나 유튜브 듣고 적는다.

다섯, 직접 대면하여 묻고 인터뷰한다.

여섯, 독서 한다.

책 읽기는 글쓰기다. 중요한 일이다.

한 번 더 강조한다.

글은 매일 쓴다.

그냥 쓴다. 일상을 쓰고 싶을 때 쓴다. 생각날 때마다 기록한다. 무조건 쓴다. 창작은 모방이다. 글도 창작이자 모방이다.

글감이 컴퓨터에 쌓인다.

돈을 벌고 돈을 모으면 재산이 쌓이고 부가 형성된다.

글을 쓰고 글을 모으고 글 데이터가 쌓이면, 원고가 되고, 나중에 정리하면 내 책이 되는 것이다.

4. 주제별 글 분리하기

글을 주제별로 분류해야 가치가 있다.

내 컴퓨터, 핸드폰, 메모장, 브런치, 종이에 작성한 글을 모은다. 모인 글을 정기적으로 분류하여 작업한다. 중요한 일을 미루다 보면 분류하는 데 시간이 오래 걸린다.

어떻게 분류할까?

한곳에 모은다. 저자는 컴퓨터에 저장해둔다. 1주일의 가장 좋은 날이 토요일이다. 1주일간 작성된 글을 분류하여 구체적으로 구별해서 컴퓨터 폴더에 저장한다.

지금까지 작성한 글과 베껴 쓰기와 고쳐 쓰기로 한 글감의 재료가 다 모여있다. 이 글감 재료들을 책 만들고자 하는 제목을 생각하여 내용을 분류한다.

미리 분류하면서 글쓰기 했다면 금상첨화이다.

준비된 글을 주제별로 구분하여 나열하기는 쉬운 일이다.

글 모으기가 어렵지 모인 글을 분류하는 건 누워서 떡 먹기다. 아니 떡 먹고 누워있기다. 분류한 글감은 다시 정리한다. 내용별로 적절하게 순서를 정해 구분한다.

분류하는 방법은 각자 정한 기준에 달려있다.

경제, 정치, 일상생활 등으로 구체적으로 구분한다.

예를 들면 교육과 관련하여 나눈다. 다시 유·초·중·고·대학으로 분류한다. 생각대로 구분하여 분류한다. 일기나, 메모한 글은 컴퓨터에 정리하여 기록한다.

저자의 과거 작업 사례는 간단하게 제시한다.

교육 관련하여 만든 글감들을 [교사 편] 해서 컴퓨터 폴더에 구분했다.

[교사 편]은 다시, 법규, 담임, 수업, 수석교사로 구분했다.

[수석교사 제도] 도서를 출판한 사례를 가지고 제시한다.

컴퓨터 폴더 정리를 하면 된다.

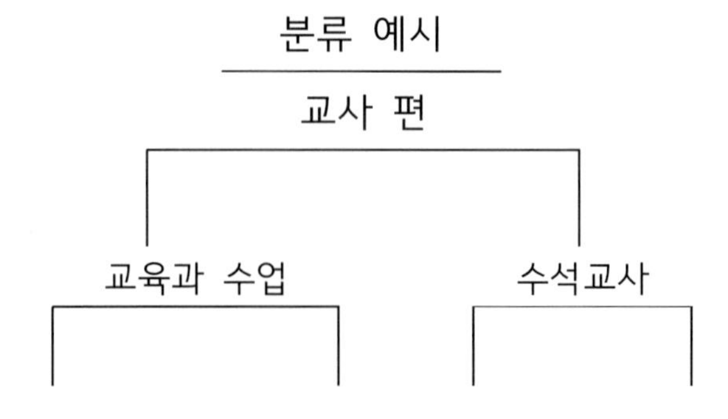

[교사 편] 해서 컴퓨터 폴더에 하위 목록으로 구분한다.

예시 안내이다. 각자 참고하여 자료를 분류한다.

분류 예시

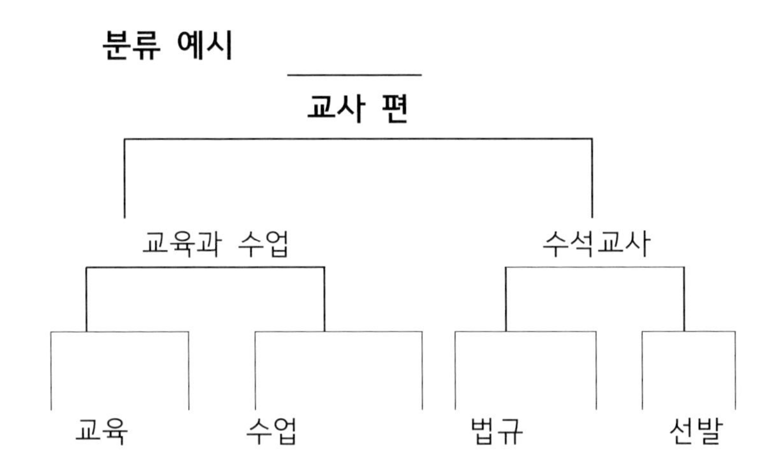

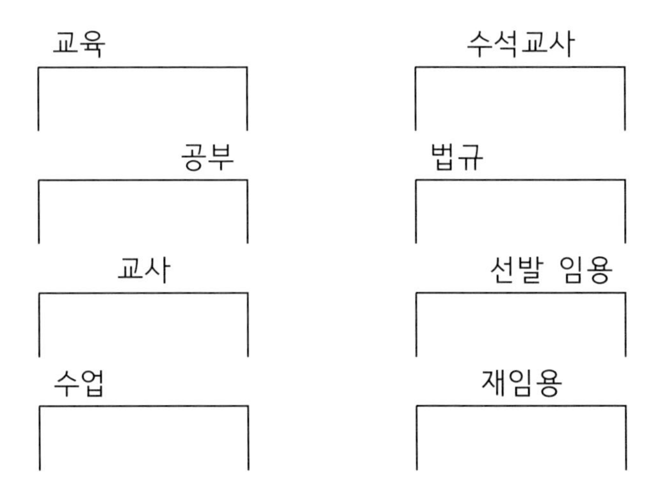

5. 책 주제와 차례 만들기

내 책 만들기에 필요한 게 주제이다.

'수석교사 제도' 책의 제작 사례를 가지고 간단하게 설명하고자 한다.

수석교사 경험이 10여 년이 되었다.

그동안 지내면서 수업 컨설팅, 법규 관련 자료를 많이 나름대로 간단하게 작성해 두었다. 내가 작성된 글 핵심 주제는 한 줄로 말하면 수석교사 관련 자료이다. 책의 주제 즉 제목과 함께 생각하여 만든 게 주제는 [수석교사 제도]이다. 글의 내용과 '수석교사 제도' 책 제작 사례를 구체적으로 제시한다.

주제와 차례 만들기

주제 만들기 '수석교사'

'수석교사 제도' 책 제작 사례를 구체적으로 제시한다.

글감들은 다시 수석교사 관련하여 수업자료, 학생 자료, 법규 자료, 지도 자료를 분류했다.

글을 쓴 내용을 분석하니 100개 내외의 글들이 모여있었다. 이를 다시 항목별로 분류하여 나눈 것이다.

각각 자료를 다시 구분해서 자료를 재분류했다.

1부~5부 차례의 구성이다.

1부는 학교 교육과 교육기본법

2부는 대한민국 수석교사 제도

3부는 수석교사 선발과 임용

4부는 미래 수석교사의 희망 A to Z

5부는 [부록] 수석교사 관련 법규

이렇게 구분하여 다시 글의 내용에 따라 정리했다.

일종의 차례 구성이다.

차례 만들기

각각 만들어진 구성에 다시 내용을 세부적으로 나누었다.

컴퓨터 폴더에 '수석교사' 이 폴더 내부에는 다시 '1부-학교 교육과 교육기본법'을 만들어둔다.

1부에 들어갈 관련 내용을 컴퓨터 한글 파일 자료를 모두 담아둔다.

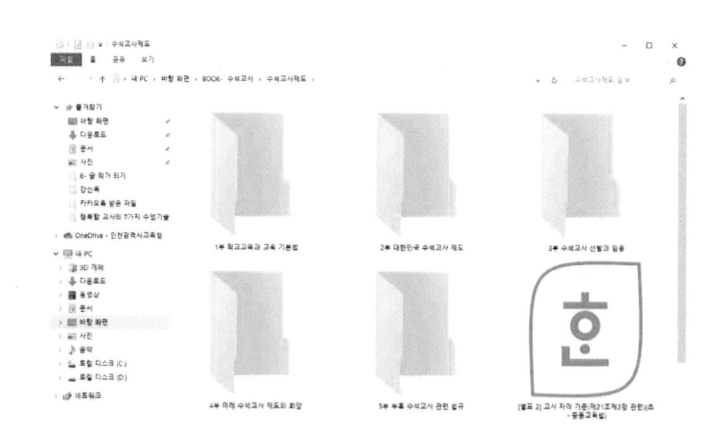

차례의 예시는 다양하다. 차례 만드는 방법은 기존의 책을 참고하여 살펴보는 게 가장 쉽다. 차례 제목의 수는 기준이 따로 없다. 대체로 40~50개 내외의 제목이 많다.

내용 분류하기

내용 분류 사례이다.

책의 차례를 만들고 원고를 차례에 맞게 분류한다.

1부 차례의 세부 내용 예시

학교 교육과 교육기본법

1 대한민국 교육기본법 1장
- 교육 목적과 교육이념
- 모두 아름답게

2 국가는 의무교육을 한다
- 헌법 31조
- 의무교육 나 어떻게

3 학교는 무엇을 교육하나
- 교육기본법 학교 교육
- 교사의 행복이다

4 교원의 신분보장 어디까지
- 교원의 신분보장에 대하여

5 교육기본법의 학습자 역할
- 교육기본법 학습자 의무
- 배우고 가르치고

6 교육의 진정한 이념이다
- 교육의 목적은 무엇인가

7 미래교육이 인성교육이다
- 진정한 공부란 무엇인가
- 인성교육이 미래교육이다

8 학교에는 교원을 둔다
- 보호자는 책임을 진다
- 한 끼의 정성

9 초 중등교육법 시행령 36조
- 학교에는 교원을 둔다
- 교원의 자격
- 교직원에겐 임무가 있다
- 수석교사의 배치

2부~3부 차례의 세부 내용 예시

대한민국 수석교사 제도

1. 수석교사 제도의 의미와 목적
   - 수석교사제도 추진 사항
2. 수석교사제도 법제화되다
   - 교육과학기술부 보도자료
   - 군자의 인생 3락
3. 교육공무원법의 수석교사 자격
   - 수석교사 자격
   - 수석교사의 임용
   - 수석교사의 연구활동비
4. 초·중등교육법의 수석교사 임무
   - 초·중등교육법 제20조
   - 수석교사의 우대

수석교사 선발과 임용

1. 수석교사 선발
   - 수석교사 자격은 무엇인가
2. 수석교사 선발은 이렇게 한다
   - 수석교사의 선발 과정이다
   - 수석교사의 선발 절차이다
3. 수석교사 자격연수와 임용
   - 수석교사의 자격연수
   - 수석교사의 임용 절차
4. 수석교사 재임용 어떻게
   - 수석교사의 재심사 기준
5. 우리나라의 수석교사 현황
6. 1교 1수석교사 근무하는가?
7. 수석교사 헌법소원을 하다

4부~5부 차례의 세부 내용 예시

미래 수석교사의 희망 AtoZ

1. 수석교사는 무엇을 하나요?
2. 수석교사의 교수 연구활동 지원
   - 수석교사는 수업을 공개한다
   - 학생 생활지도 멘토링한다
   - 신규교사 수업 멘토링하다.
   - 수석교사는 연구활동한다
   - 교내 교외 연수한다
3. 학교문화 바뀌면 교사가 행복하다
4. 우리나라 교사 자격을 살펴보자
5. 미래 교육의 희망 사항이다
6. 미래 수석교사의 역할

[부록] 수석교사 관련 법규

1. 수석교사 활동 계획서(예시)
2. 수석교사 법규
3. 수석교사 명예 선언문
4. 수석교사 노래

6. 머리말 쓰기

머리말 글은 책의 시작 부분에 들어가는 글이다.

서문, 또는 추천사로 구성되기도 한다. 프롤로그(prologue)로 책의 첫 부분에 내용을 알리는 시작 역할이다.

머리말 만들기 사례를 간단하게 제시한다.

머리말 만들기는 저자의 글을 요약한 소개 내용이다. 책 소개의 핵심을 적은 글이다. 독자는 책을 구매할 때 머리말을 읽고 구매할 수 있다. 일종의 홍보 글이나 마찬가지이다.

책 내용 간단하게 핵심을 소개하고 안내한 글이다.

머리말 작성하는 방법의 예시이다.

작성 방법은 다른 책의 머리말을 보고 베껴 쓴다.

중간에 문장을 바꾸고 내 생각을 추가하고, 책의 중요한 내용을 요약하면서 작성한다. 머리말은 내 책을 소개하는 홍보 글이다. 최대한 눈길을 끌 수 있는 핵심을 안내하는 문구로 작성한다.

책을 보고자 하는 마음이 들도록 독자의 마음을 이끄는 단어를 많이 사용하게 된다.

도서 [수석교사 제도] 책의 머리말 예시이다.

머리말

우리나라는 2012년 수석교사 제도가 법제화되었다.

수업 전문성이 뛰어난 교사들이 관리직으로 전환하지 않고도 일정한 대우를 받으면서 교단에서 자긍심을 갖고 교직생활을 지속할 수 있도록 하려는 취지에서 도입되었다. 수석교사 제도의 개념과 목적, 법제화 현황과 초 · 중등교육법의 수석교사 제도, 미래 교육의 방향, 수석교사의 역할과 수업 전문성에 관한 내용을 다루고 있는 수업 교양서이다.

수석교사는 수업과 신규교사 · 저 경력 교사 수업 컨설팅이 주 업무이고, 교수 · 연구 활동, 연수 학습자료 등을 제공하는 역할을 한다.

수석교사는 수업평론가, 수업지원자의 역할과 방향을 생각해야 할 시기이다.

< 중략 >

우리나라의 수석교사 제도 탄생 배경과 교육기본법, 초 · 중등교육법의 수석교사 제도와 법규와 사례를 안내한 책이다.

2008년부터 수석교사 시범운영에 참가하셨던 분들의 노고에 진심으로 감사드립니다. 퇴직하신 수석선생님들께 늘 건강하시고 행복하시기를 빕니다.

미래 교육 희망을 바라며, 아름답고 행복한 학교에서 학생을 가르치는 선생님께 이 책을 드립니다.

7. 에필로그(epilogue) 쓰기

머리말은 홍보 글이라면 에필로그는 저자의 후기이다.

독자에게 알려주지 못한 내용을 충족시켜주기 위해 덧붙여진 작가의 이야기 소감문이다.

에필로그(epilogue)는 저자의 글을 정리하는 내용 글이며 마무리를 잘 지어야 한다. 마무리 글은 간단하게 책의 내용을 요약해준다. 이 책을 읽고 핵심 내용을 제시한다. 독자들에게 요점을 알리고 감사 인사를 한다.

작가의 감정이나 느낌을 작성하고 원고가 다른 사람들에게 기대하는 바를 간단하게 적는다.

책을 쓰면서 도움을 주신 가족과 책 만들기에 협조해주신 분들에게 감사의 문구를 작성한다.

8. 추천사 요청하기

추천사는 책 내용과 관계된 주변 인물을 중심으로 작성한다. 해당 분야의 유명하신 교수, 작가, 유명인, 기관장들에게 받는다. 그런 분들의 추천은 신뢰와 믿음을 준다. 유명하지는 않더라도 추천사를 요청하고 받아 작성하면 된다.

추천사는 선택이다. 책을 만들면서 그동안 고마운 분들에게 요청하면 대부분 작성해 준다.

원고를 PDF로 메일이나 카톡으로 보내고 책 내용에 대한 후기나 느낌과 소감을 요청한다. 내 책의 자랑스러움과 부족함을 알고 유명인이나 지인들에게 책을 알리는 것이다.

추천사가 없는 책도 많다. 추천사 없는 책은 안타깝게도 주변에서 피드백 없이 책을 낸 것이다. 저자가 반드시 추천사를 받아야 하는 것은 아니다. 처음 책을 내는 경우엔 추천사를 받도록 하면 격려와 지지가 되고, 이는 더 나은 작가로의 출발점이다. 추천해주신 분들에겐 책이 출판되면 직접 찾아가거나 우편으로 발송하여 감사함을 전한다.

9. 내 책의 표지 만들기

책을 출판할 때 표지는 매우 중요하다.

내용은 당연히 중요하지만, 책 표지는 책의 얼굴이다.

독자가 서점이나 인터넷 서점에서 구매할 때 책 표지 디자인에 눈에 확 띄면 좋다. 제목이 디자인과 함께 먼저 보게 되는 이유이다. 당연히 제목도 중요하다.

책 표지디자인은 누구나 할 수 있다.

다만 멋지게 디자인하는 게 어렵기도 하고, 저작권 때문에 이미지를 직접 그려야 하므로 막막할 때가 많다.

PPT로도 누구나 쉽게 직접 [표지디자인]을 할 수 있다.

저자는 부크크의 [작가 서비스]를 이용했다.

부크크에서 [무료 표지] 사용하기

https://www.bookk.co.kr/

부크크 사이트에서 [작가 서비스]를 이용하는 방법이다
작가 서비스는 유료이다.
책의 디자인 형태에 따라 가격은 다양하다.

부크크에서 [작가 서비스] 구입 하려면 일정 비용을 지급해야 한다.
글 제목과 저자의 소개 내용을 요청하면, 책 표지를 내 책 만들기 표지에 사용할 수 있다.

부크크에서 [무료 표지] 사용 방법

① [무료 표지]를 이용하는 방법이다.

표지디자인은 무료로 제공된다. 다양한 탬플릿 중 원하는 표지를 선택하여 책 표지를 만들 수 있다.

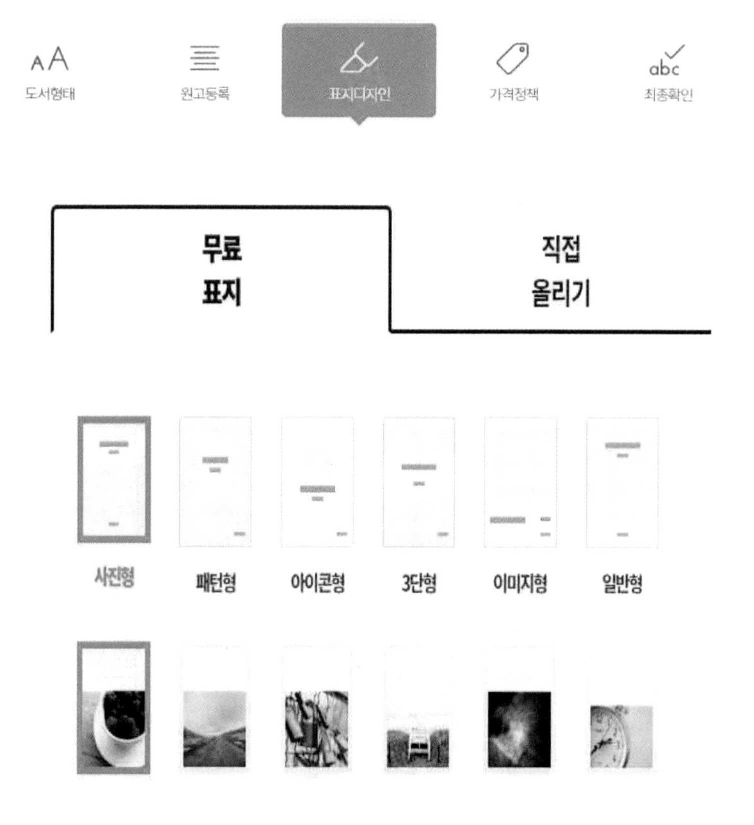

무료로 제공하는 배경 이미지 예시이다

첫째로, 원하는 유형[사진형, 패턴형, 아이콘 형, 3단형,

이미 지형, 일반형] 중에서 하나를 선택한다.

둘째는, 배경 이미지 종류에서 하나를 선택하면,

무료 책 표지가 완성된다.

유형	유형 배경 이미지 종류
사진형	 사진형 패턴형 아이콘형 3단형 이미지형 일반형 배경이미지
패턴형	 제목없음1 1 BOOKK
아이콘 형	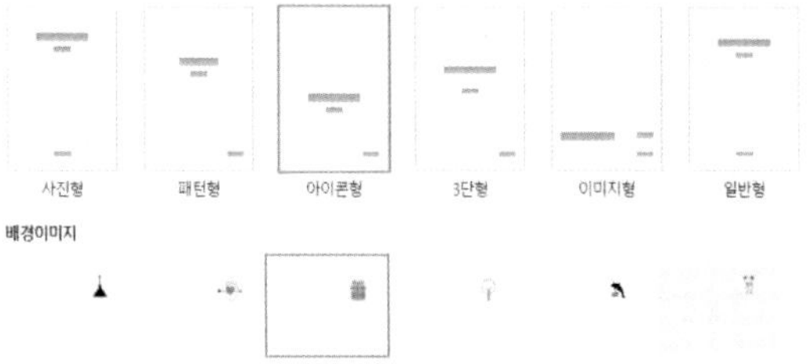 사진형 패턴형 아이콘형 3단형 이미지형 일반형 배경이미지

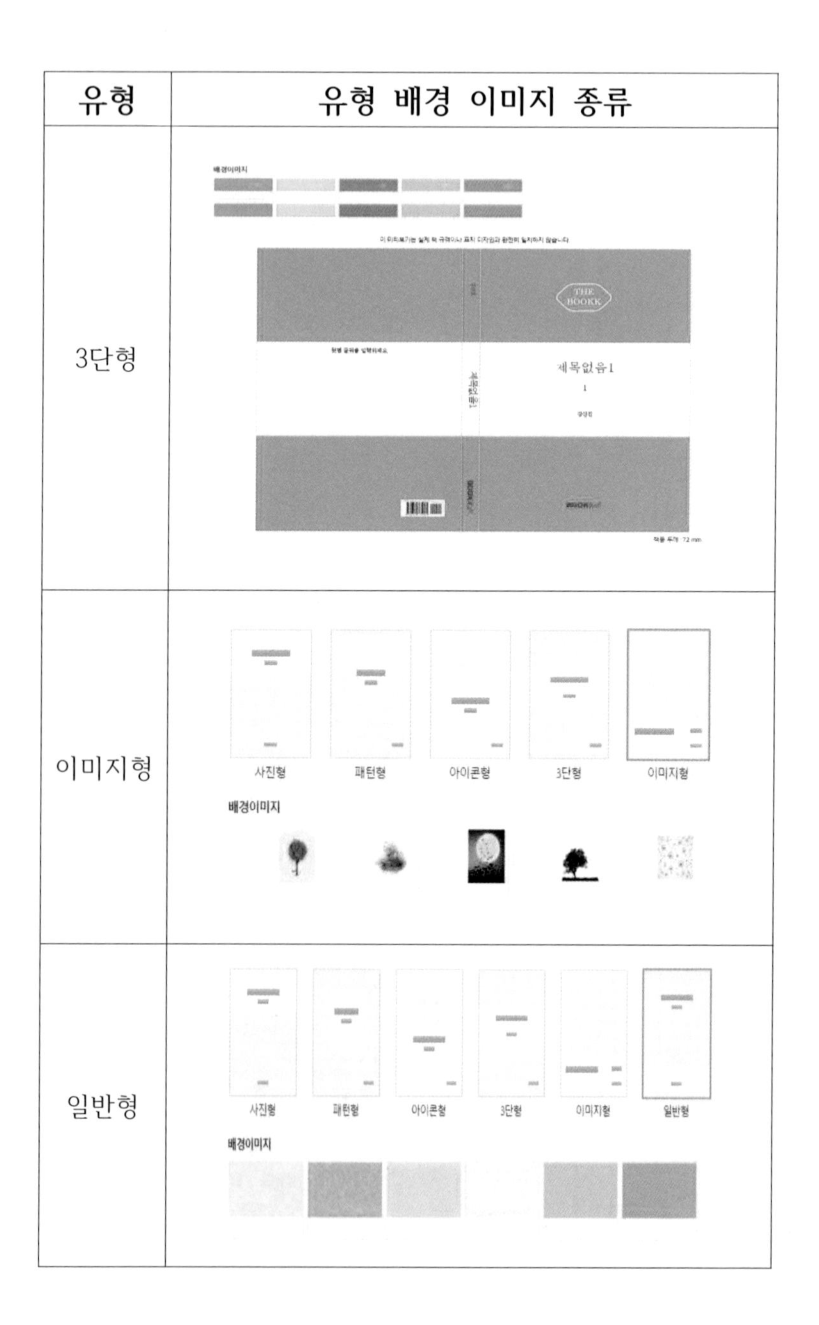

유형	유형 배경 이미지 종류
3단형	배경이미지 THE BOOKK 제목없음1 1
이미지형	사진형 패턴형 아이콘형 3단형 이미지형 배경이미지
일반형	사진형 패턴형 아이콘형 3단형 이미지형 일반형 배경이미지

② [무료 표지] 작성의 예시이다. 제목과 책 뒷면 글은 직접 작성해야 한다.

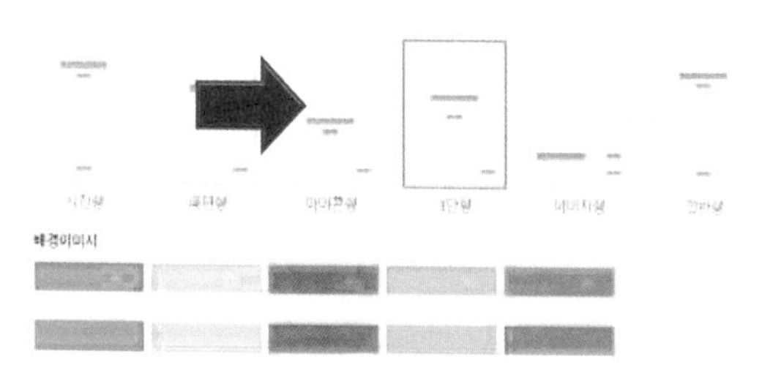

부크크에서 [작가 서비스] 이용하기

부크크 홈페이지의 화면에서 [작가 서비스] 선택하는 방법이다. 원하는 책의 표지를 선정하고 일정 금액을 지불하고 책 표지 제작을 요청하면 된다. 비용이 들지만 편리하고 쉽게 책 표지를 만드는 방법이다.

[작가 서비스] 구매하면 메일이나 부크크 홈페이지에서 정보를 요청하고 표지 작업을 요청하면 된다.

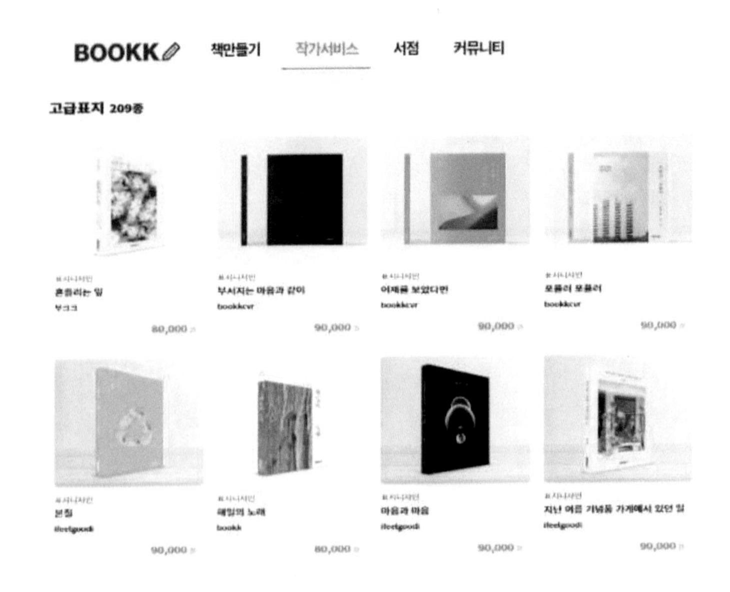

제목은 저자가 문구를 작성한다.

책의 날개 좌우에 들어갈 문구도 작가가 직접 메일 또는 작가 서비스 게시판에 요청하면 된다.

자세한 세부 사항은 4부에서 다루므로 참고하길 바란다.

날개 표지 입력 요청 사례이다 [메일 요청 사례 예시]

RE: [표지관련]안녕하세요, 부크크입니다.(내용요청)-작가서비스 <데일리 먼데이>표지 부탁드립ㄴ다-수정

안녕하세요, 작가서비스 구매 요청사항입니다.

사이트에서 구매하신 고급표지 <데일리 먼데이>에 들어갈 내용 요청드립니다.
사이트의 구매하신 고급표지에 댓글로 예시를 참고하여 작성 부탁드립니다.

*1. 책제목(표제): **누구나 글쓰고 작자되는 비법**
2. 부제목(부제): **내 책만들기 무료 출판의 노하우**

3. 저자명(필명): **글 강신진 그림 최진**
4. 책 뒷면(뒷표지)문구:

5. 책 사이즈(판형): **A5**

*6. 페이지 수(책등): **200**

*7. 내지 인쇄(책등): **컬러**

8. 책 날개 유무: **있음**

앞날개
강신진
수석교사 선화여자중학교 근무
저서
<ICT 캠쿨>, <렉토라>
<청소년 메이커의 세계>
<세상에 이런 법이>
<내 마음의 시(詩) >
<수석교사 제도(Master Teacher)>
<수석교사 수업 톡(talk)>
<행복해지는 교사들의 7가지 수업> 등
활동
인천광역시교육연수원강사
인천중등수업지원단
스마트학교창의공학교실운영,
비즈쿨 연구학교 운영
한국과학창의재단 STEAM연구회원

뒷날개

뒷날개 - 도서 첨부파일 -이미지 배치도 부탁드립니다

행복해지는 교사들의 7가지 수업
좋은 수업을 위한
행복한 교사의 7가지 수업 노하우
수업전문가 수업의 달인되기,
수업과 평가, 기록하기에 대하여
수업의 맛과 멋을 작성한 도서이다.

수석교사 수업 톡(Talk)
공부의 의미와 수업
그리고 수석교사의 수업 경험과
수석교사의 역할을
교수 연구활동의 내용을
간단하게 기록한 책이다.

요청 사례이다 [메일 요청 사례 예시] 책, 날개에 추가될 이미지와 표지의 글 내용을 전달한다.

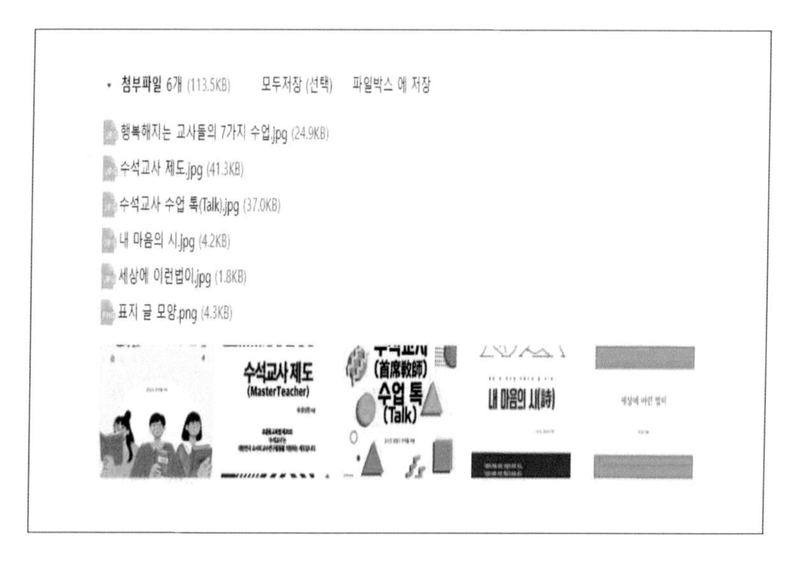

[작가 서비스] 시안 보기 선택하고 클릭하면 [작가 서비스]의 내용을 확인할 수 있다.

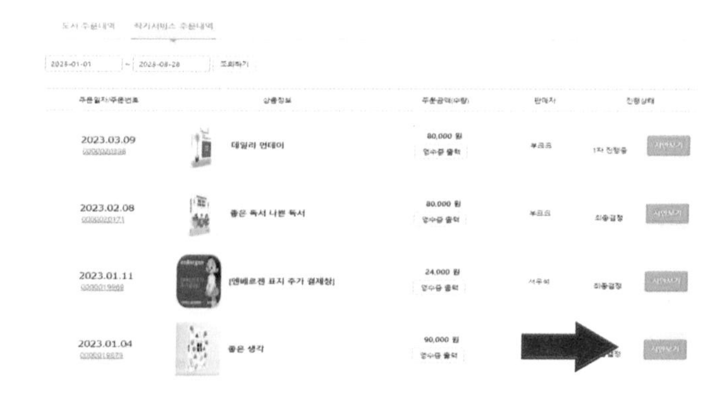

[작가 서비스] 시안 보기 예시이다.

[확인] 후 수정요청하거나 [최종 완료] 한다.

[작가 서비스]-[결정]을 클릭하면 [작가 서비스]가 완료되어 내 책 만들 때 이용한다.

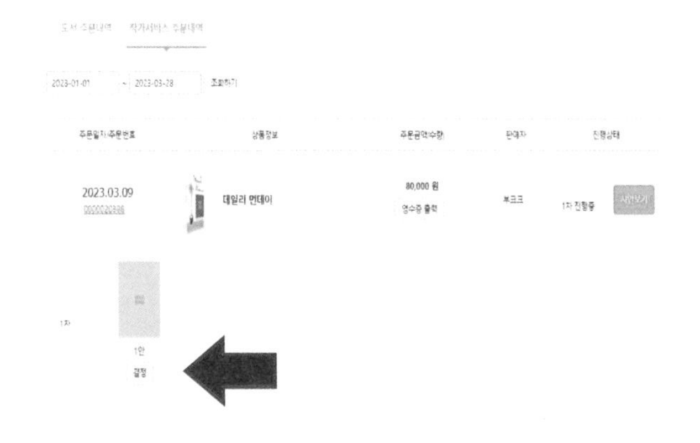

만약 결정하기 전에 추가로 요청할 사항이 있으면 추가 요청한다.

bkkkashji (강신진) 2023.02.27 13:56:02
그동안 수고 많으셨습니다
고생 많으셨네요
감사합니다
확정합니다 ~~
강신진 드림^^

bkkkashji (강신진) 2023.02.27 13:55:10
1차 1안(2023.02.27) 시안을 선택했습니다.

bookk (부크크) 2023.02.20 11:41:46
1차 1안 시안이 업로드 되었습니다.

bkkkashji (강신진) 2023.02.20 11:29:07
좋은 아침 입니다
감사드리며 수정사항 보냅니다
뒷날개의 다섯째

Technology
영어단어 수정 부탁드립니다

오늘도 파이팅 하시고요
수고 많으셨습니다 감사드립니다~
강신진 드림^^

bookk (부크크) 2023.02.20 10:57:33
수정 요청하신 내용을 반영한 표지 2차 시안입니다. 메일로 보내드린 원본 시안 파일 확인 후 회신 부탁드립니다.^^

[작가 서비스]-[최종결정 완료] 예시이다.

내가 직접 표지 만들기

책 표지 내가 만들기 방법이다.

일단 그래픽 프로그램을 사용한다. 잘 모르면 유튜브 검색하거나 배워서 할 수 있다. 프로그램은 구매하면 된다. 무료 프로그램 [포토 스케이트] 검색하여 내려받아 사용할 수 있다. 또는 파워포인트로 직접 제작할 수 있다.

직접 만드는 표지 만들기 예시다. 제시된 크기대로 이미지 파일을 만들어 JPG 형식으로 저장해두고, 책 표지 만들 때 사용한다.

A5 국판 (148mm x 210mm)-책날개 없는 경우

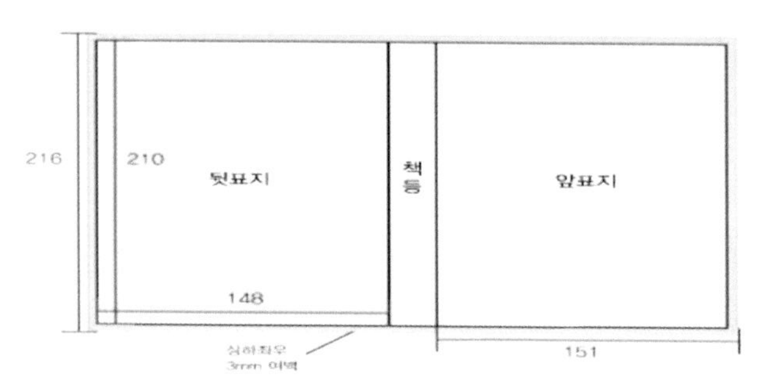

가로 크기는 148mm + 3 mm = 151mm

세로 크기 210 mm + 위 3 mm + 아래 3mm =216mm

책등 두께 (부크크에서 책 만들기 시작화면에서 페이지 수 입력하면 책등 두께를 확인할 수 있다.)

부크크 표지 규격 가이드
※ 3mm 여백까지 이미지가 들어가 있어야 합니다
A5(국판)
책 크기: 148 * 210 (mm)
216
210
뒷표지
책등
앞표지
148
151
3mm 여백
100
뒷날개
앞날개
103
A5국판 날개X
A5국판 날개O
46판(B6) 127 * 188 (mm)
194
188
127
130
46판(B6) 날개X
46판(B6) 날개O
B5(46배판) 182 * 257 (mm)
263
257
182
185
B5(46배판) 날개X
B5(46배판) 날개O
A4 210 * 297 (mm)
303
297
210
213
A4국판 날개X
날개 있는 표지 진행 불가
BOOKK
http://www.bookk.co.kr

[책등 두께]는 부크크의 책 만들기에서 확인한다.

예를 들면 그림과 같이 작성하는 원고의 총 페이지가 150 페이지이면 책등 두께가 10.3mm임을 알 수 있다.

책 규격 [A5] 선택하고, [페이지 수] 150 숫자를 입력하면 책등 두께를 확인할 수 있다. 원고의 페이지에 따라 책등 두께가 다르다.

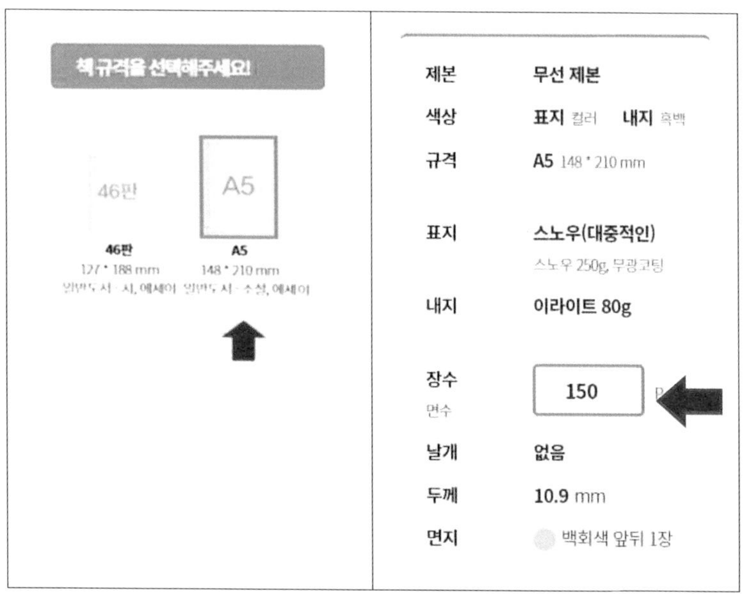

[책등 두께]를 정확하게 알아야 한다.

나중에 내 책의 표지 만들 때 사용한다.

A5 국판-책날개 있는 경우

A5 책 크기 (148mm x 210mm)이다.

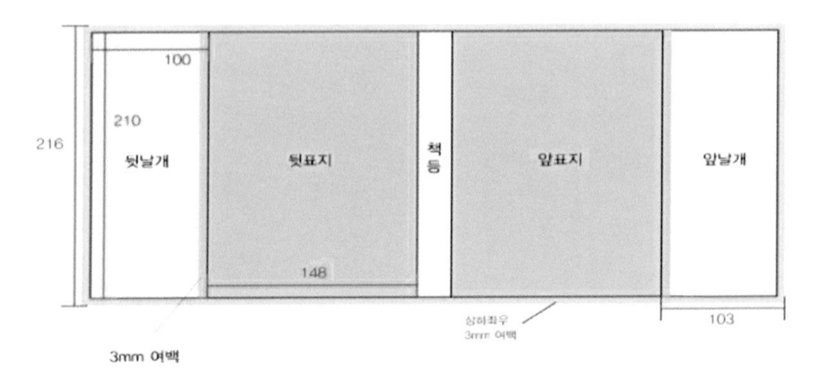

☞ A5 책 날개 크기 값은?

(3mm 추가는 책 만들 때 여유 부분)

앞, 뒷표지-각각 가로크기는 148mm+3mm=151mm
세로 크기 210 mm+위3mm+아래3mm=216mm
책 등 두께 (페이지에 따라 달라지는 값,예시15mm)
A5 최종 크기은(뒷날개+뒷표지+책등+앞표지+앞날개)

가로=100+151+15+151+100=517mm
세로=216mm

[왼쪽, 오른쪽 책 날개 있는 경우의 책 예시]

A5 국판-책날개 없는 경우

A5(국판)
책 크기: 148 * 210 (mm)

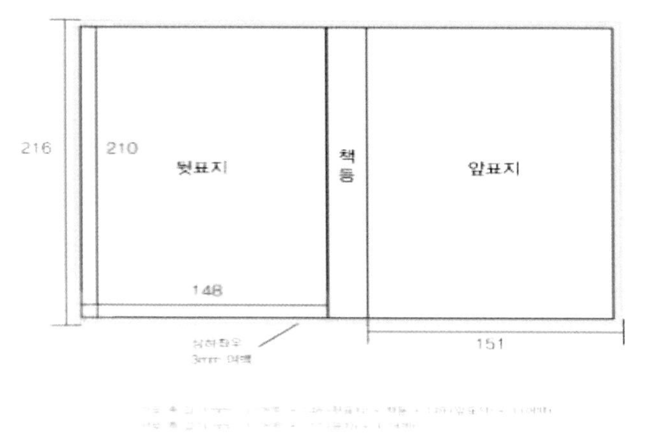

A5국판 날개X

[왼쪽 오른쪽 책 날개 없는 경우의 책 예시]

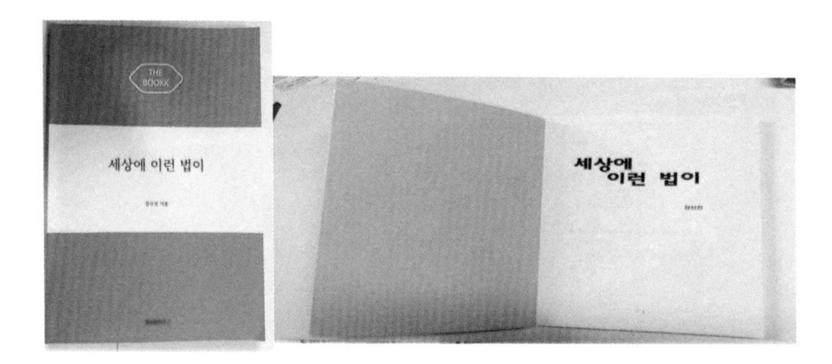

46판(B6) 127 * 188 (mm)

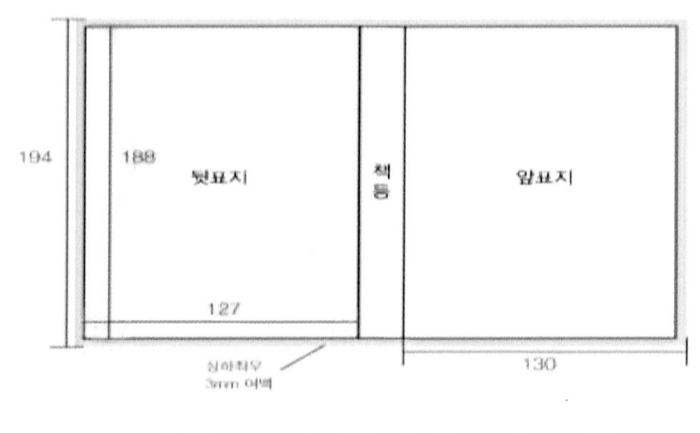

46판(B6) 날개X

B5(46배판) 182 * 257 (mm)

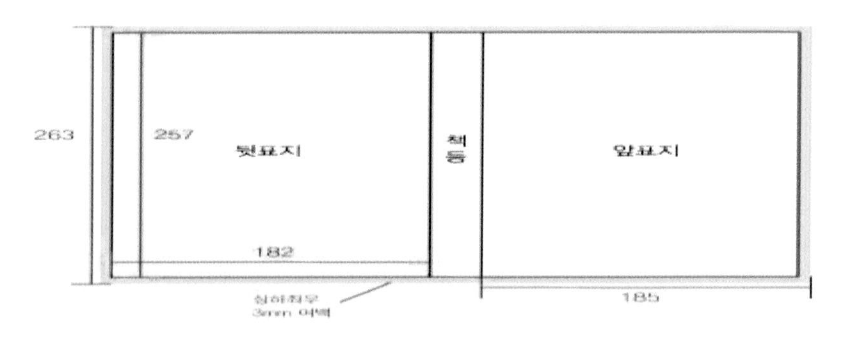

B5(46배판) 날개X

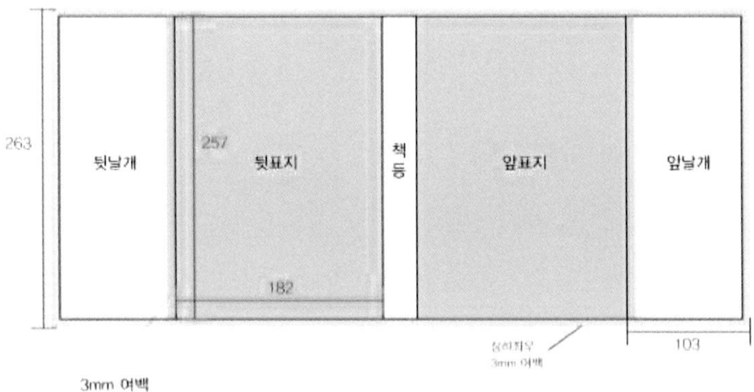

[illegible]
[illegible]

B5(46배판) 날개O

부크크 표지 규격 가이드

※ 3mm 여백까지 이미지가 들어가 있어야 합니다

A4 210 * 297 (mm)

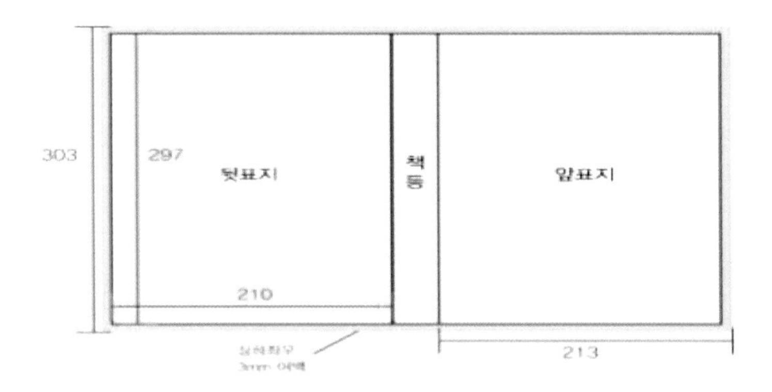

[illegible]
[illegible]

A4국판 날개X

파워포인트로 표지디자인 만들기

내 책 표지는 파워포인트로 사용자 크기 지정하여 직접 제작해도 된다. 만들려는 책 표지의 크기를 잘 생각해서 크기를 정하고 표지디자인 한다.(숫자는 A5 크기 예시이다)

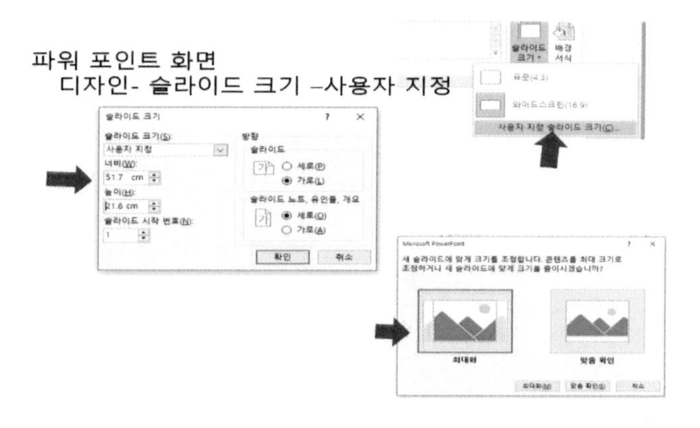

파워포인트로 표지디자인 제작할 경우의 예시 화면이다.

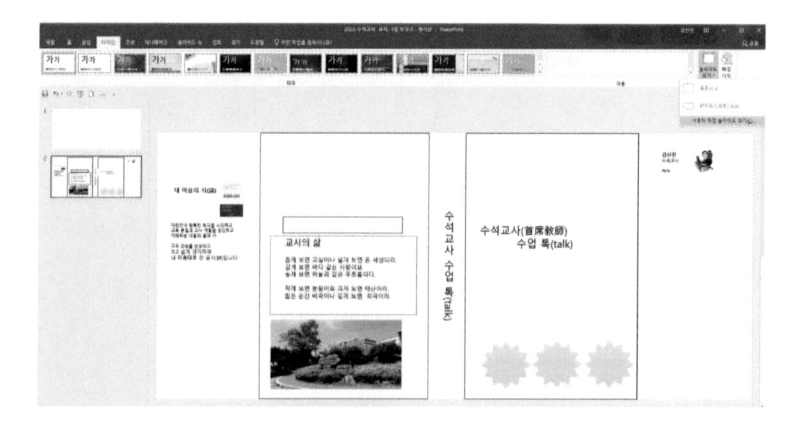

☞ TIP [작가 서비스] 구매하기

[표지]를 구매하여 내 책 표지로 사용하는 방법에 대하여 알아본다. 작가 서비스는 유료이다.

① [**작가 서비스**]를 클릭하고 구매할 표지를 선택한다.

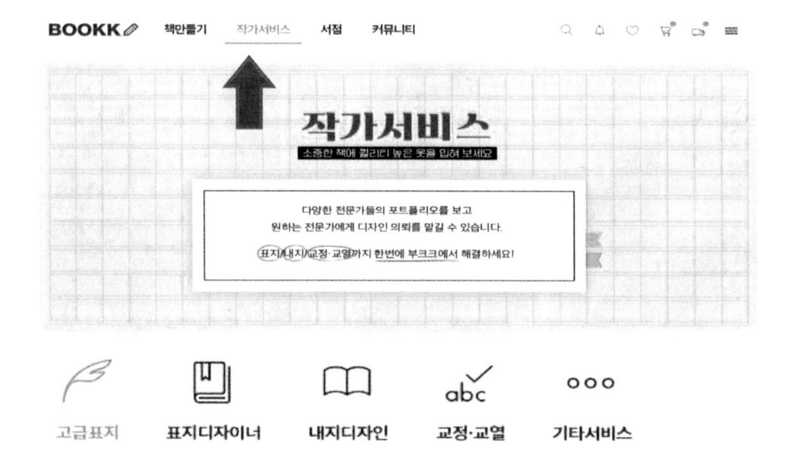

② 고급표지 선택하고, 다양한 책 표지유형 중에 하나를 선택한다.

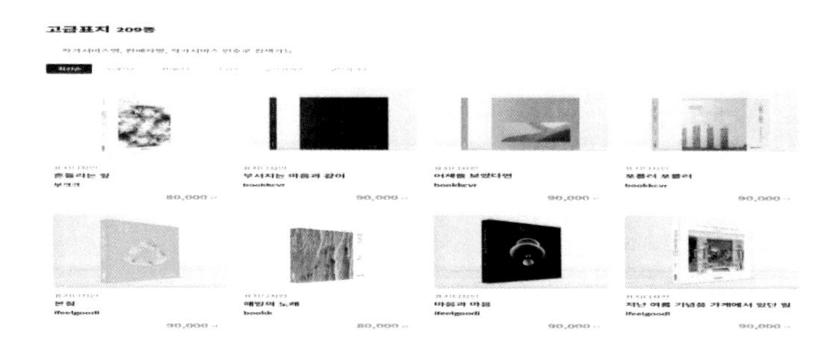

③ 선택한 [예시-달콤한 마케팅]-[구매하기]를 클릭한다.

표지 시안은 A5 크기에 맞게 제작되었다. 작가님의 책 크기, 문구 등에 의해 위치가 변경될 수 있다. (시안이 시행된 후 책 크기가 변경되면 추가 비용이 발생한다) 판매된 표지는 한 명의 작가에게만 주어지며 구매 완료 시 삭제된다. 고급표지 작업은 영업일 기준 1~3일 정도 소요된다.

구매하기 클릭하면 구매할 수 있다.

④ 구매할 상품 [구매자 정보] 내용을 입력한다.

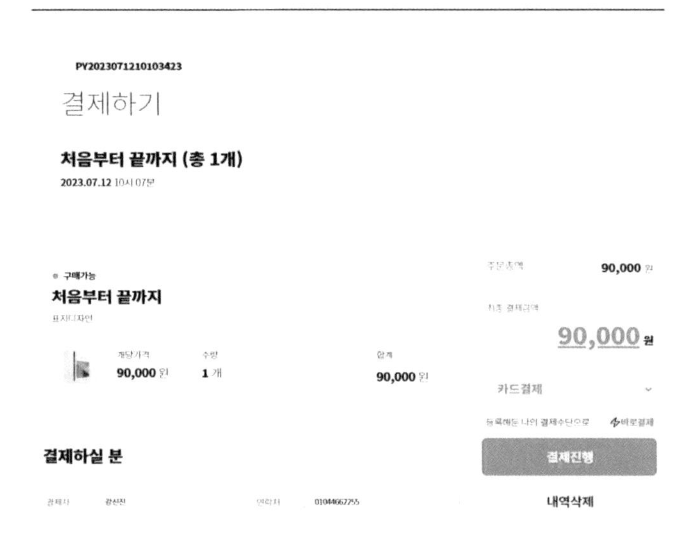

⑤ [결재하기] 클릭하고 결재사항에 관한 내용을 체크하고 [다음] 클릭하고 구매한 금액을 입금한다.

⑥ [작가 서비스] 구매 내역이다.

주문 작업 상세내역이다.

⑦ [등록하기] 예시이다.

제목과 내용 좌우 책 날개에 들어갈 내용은 입력하면 작업이 완성된다. 작가의 맘에 들 때까지 몇 회 수정할 수 있다.

입력할 내용은 다음과 같다.

1. 책 제목(표제):
2. 부제목(부제):
3. 저자명(필명):
4. 책 뒷면(뒤표지) 문구:
5. 책 크기(판형): A4/ B5/ A5/ 46판(B6). 표지 시안 작업 후에는 판형 변경이 어렵다. 정확한 판형 확인 후 작성한다.
6. 페이지 수(책등):
정확한 페이지 수가 정해지지 않았다면 대략적인 페이지 수를 적는다. 도서 승인 시 최종으로 확인하여 진행된다.
7. 내지 인쇄(책등): 컬러/ 흑백. 내지 인쇄 색상에 따라 종이가 변경되어 책등 너비가 달라진다.
8. 책 날개 유무: 없음/ 있음
9. 앞/뒷 날개 내용:
표지디자인 진행 완료 후 최종결정 버튼을 눌러주셔야 책 만들기 화면에서 적용할 수 있다. 표지디자인 완료 전 도서를 제출하면 구매한 표지가 적용되지 않거나 반려될 수 있다.

[작가 서비스]의 도서 표지 4권의 예시이다.

도서명 **작가 서비스 이용한 도서 표지**

수석교사
제도

내 마음의
시(詩)

수석교사
수업
톡(Talk)

행복해지는
교사들의
7가지 수업

위대한 글쓰기는
존재하지 않는다.

오직
위대한 고쳐 쓰기만
존재할 뿐이다."

- E. B. 화이트 -

4부. 내 책 무료 출판하기 실제

4부 내 책 무료 출판하기

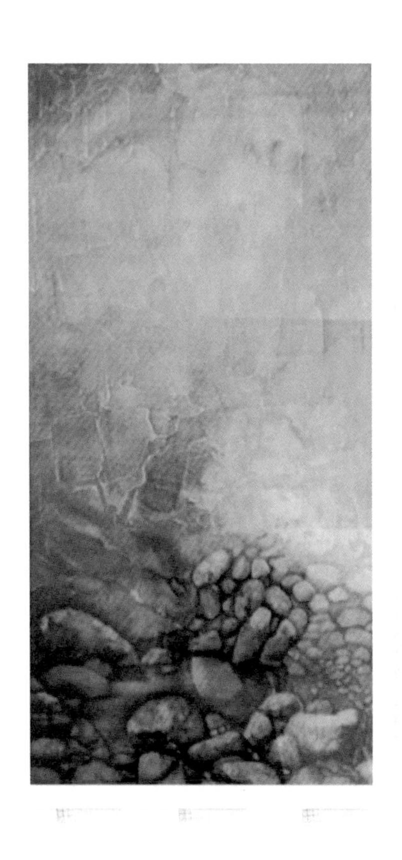

4부 내 책 무료 출판하여 작가 되기

내 책 무료 출판으로 작가 되는 길

1. 내 책 무료 출판하기
2. 원고가 있어야 책을 만든다
3. 내 책 [무료 출판]을 해준다
   1) 종이책 출판의 시작하기
   2) 출판 신청하기
   3) 반려된 출판 재신청하기
   4) 내 책 승인 확인
   5) 내 책 출판 확인하기
4. 내 책 구매하기

4부. 내 책 무료 출판하기 비법

I CAN DO IT

나도 내 책 만들어 작가 되는 길이다.

내 책 원고가 완성되면

무료로 내 책 만들기 과정과,

내 책 만들기 자세한 방법을 알아본다.

누구나 글쓰기 작가가 되는 시대이다.

내 마음의 글을 쓰고,

따뜻한 마음을 품은 작가 되는 방법을 살펴본다.

내 책 무료 출판하기 비법

이번 장에서는 무료 출판에 관한 사례를 살펴본다.

자신의 원고만 있다면 누구든지 책을 만들 수 있다. 원고가 있어야 출판할 수 있다. 출판 방법은 출판사를 통한 출판하는 방법과 개인이 출판하는 방법 그리고 무료로 출판하는 방법이 있다. 내 책을 무료로 출판하는 방법이다. 무료로 책 만들기 구체적인 방법을 자세하게 안내한다.

무료로 책을 제작할 수 있는 POD 방식에 대해서 알아본다. POD 뜻은 "Print-On-Demand Book Publishing"의 줄임말이다. 고객이 책을 구매하고자 인터넷 서점 사이트에서 주문하면 출판사에서 인쇄하는 출판방식이다.

출판된 책을 부크크 홈페이지 및 다른 외부 채널(교보문고, 알라딘 등)에도 유통해준다. 독자가 책을 구매하고 책값을 입금하면 확인하고 인쇄한다. 주문한 책은 택배를 통해 독자에게 배달된다. 원고 제출하는 작가에겐 인세 비율이 일반출판사보다 2배 이상 높다. 단지 책 홍보를 저자가 스스로 해야 한다.

1. 내 책을 무료로 출판하기 과정

부크크는 무료로 내 책 만들기를 해주는 플랫폼 사이트다.

부크크 내 책 만들기 과정 [5단계] 요약이다.

2. 원고가 있어야 책을 만든다.

글쓰기 한 원고가 있는가?

내 책 만들려면 가장 중요한 것이 [원고]이다.

책 만들기 하려면 당연한 이야기지만 [원고]가 준비되어 있어야 한다.

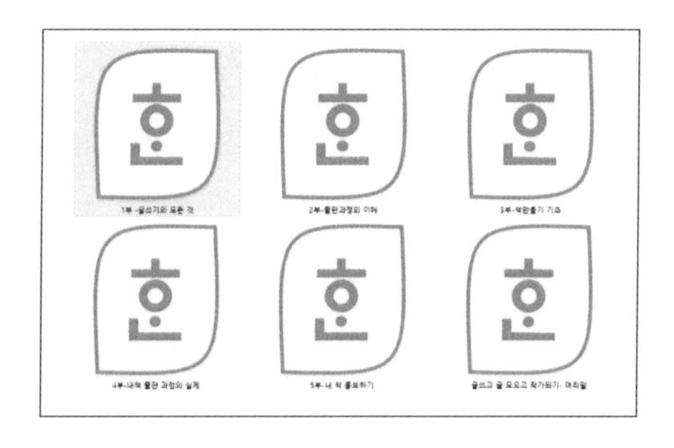

원고는 PDF로 변환해야 내 책 만들기 무료 출판을 부크크에 요청할 수 있다.

출판 원고 파일 PDF 변환하기

원고 작업을 일반적으로 많이 사용하는 한글 파일을 HWP 파일을 예시로 한다. (MS 워드 작업도 PDF 변환해야 한다) PDF 변환하기를 살펴보자.

① 한글 *.HWP 파일 변환하기 방법

1부 -글쓰기의 모든 것
2부-출판과정의 이해
3부-책만들기 기초
4부-내책 출판 과정의 실제
5부-내 책 홍보하기
글쓰고 글 모으고 작가되기- 머리말

가. 한글 파일을 선택하고 편집화면으로 나타낸다.

나. 한글의 [파일]-[PDF 저장하기] 클릭한다.

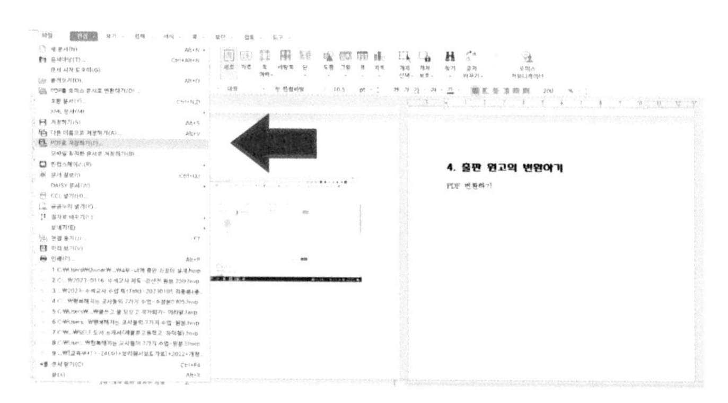

② [PDF 저장하기]- 파일 이름을 입력하고 [저장(s)]을 클릭한다. 모든 원고는 하나의 PDF 파일로 만들어야 한다.

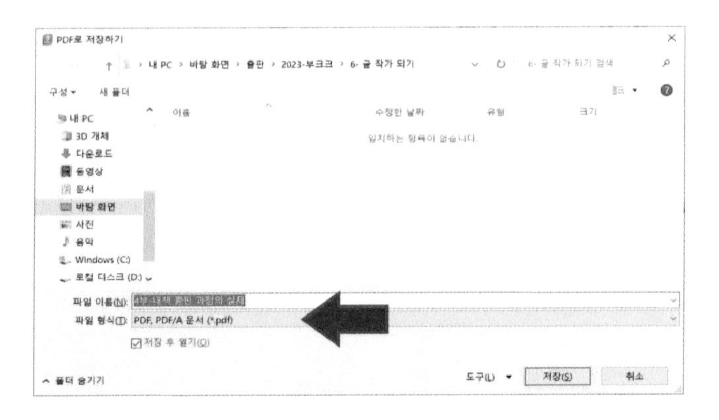

③ 폴더에 변환된 [PDF 파일]이 저장되었다. 내 책 만들기 출판 준비를 마쳤다. 책의 그림 설명에는 파일 하나를 제시했지만, **원고 전체를 1개 PDF 파일로 만들어야 한다.**

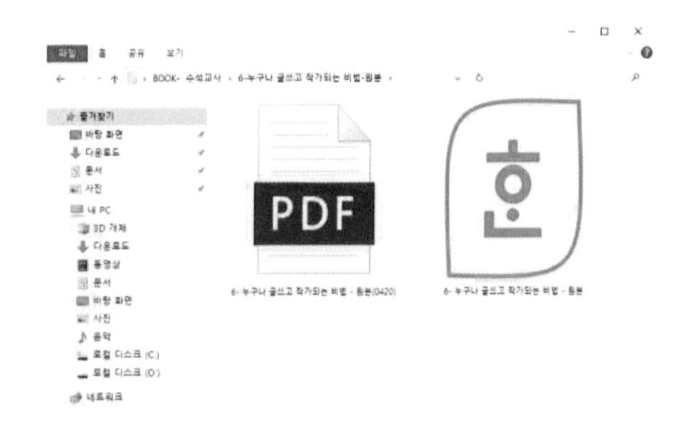

3. 내 책 무료 출판하기 방법

부크크 사이트 가입하기

부크크이다. https://www.bookk.co.kr

부크크는 책을 무료로 만들고 책을 다른 외부 채널(교보문고, 알라딘 등)에도 유통해준다.

작가에겐 인세 비율이 일반출판사보다 2배 이상 높다. 단지 책 홍보를 저자가 스스로 해야 한다.

내 책을 무료로 만드는 순서이다.

① 부크크 플랫폼에 로그인 클릭한다.

② 로그인 클릭하여 [회원가입]을 해야한다. 내용을 정확하게 입력하고, 서비스 이용, 개인정보정책에 ☑ 하고 아래의 [가입완료]를 클릭한다.

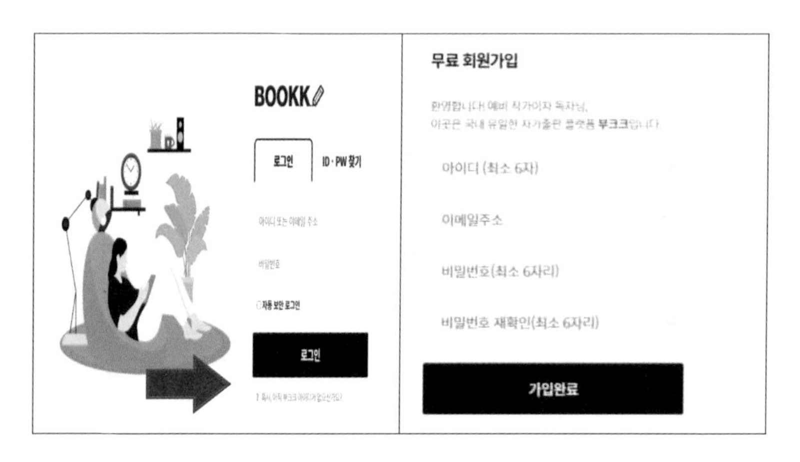

③ 부크크 플랫폼에 [로그인] 하면 아래와 같은 화면상태가 된다.

4. 종이책 무료 출판하기

부크크 종이책 만들기 방법을 안내한다.

가. 무료 출판 사전 완료해야 할 사항이다.

부크크에 회원 가입 해야 내 책을 출판할 수 있다. 또한 원고가 준비되어 있어야 내 책을 출판할 수 있다.

부크크 [**책만들기**] 클릭한다.

나. 종이책 출판의 시작하기

부크크 책 만들기 화면이다.

① 종이책과 전자책을 무료로 만들 수 있다. 5단계로 쉽게 [**종이책 만들기**]를 클릭한다.

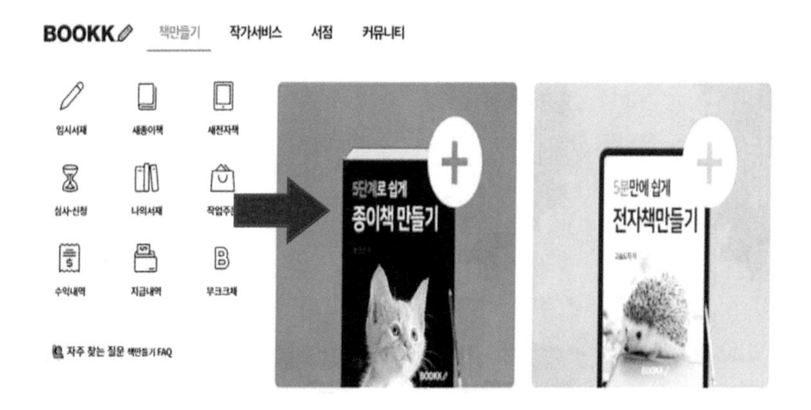

② [책 만들기] 화면이 아래와 같이 나타난다.

5단계 세부적으로 따라 하면 내 책을 만들 수 있다.

[책 만들기] 5단계

[책 만들기] 화면이 아래와 같이 나타난다.

부크크 책 만들기 화면에서 [책 만들기] 5단계를 차례대로 선택하여 종이책 만들기를 시작한다.

[책 만들기] 5단계 과정에 관한 내용이다.

단계	세부 과정	비고
1단계	도서 형태	컬러, 흑백
2단계	원고등록	46판,A5, B5, A4
3단계	표지디자인	무료, 작가 서비스
4단계	가격 정책	페이수에 따라 다름
5단계	최종확인	책 정보 확인

[책 만들기] 이제부터는 따라 하면 된다.

1단계 - [책 형태 선택] 단계

① 도서 내용이나 표지 [**컬러**] 또는 [**흑백**]을 선택한다.

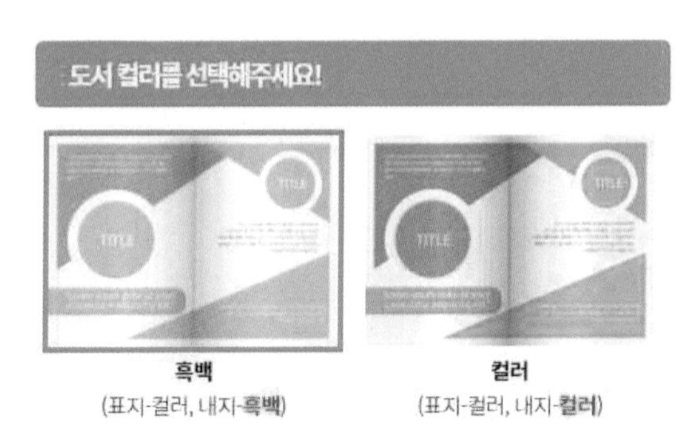

② [**책 규격**]을 선택한다.

제작하고자 하는 책 규격의 종류는 46판, A5, B5, A4, 4가지이다. 4가지 중에서 내 책의 크기를 선택한다. 예를 들면 시나 에세이 도서 경우엔 46판(127*188mm) 선택한다.

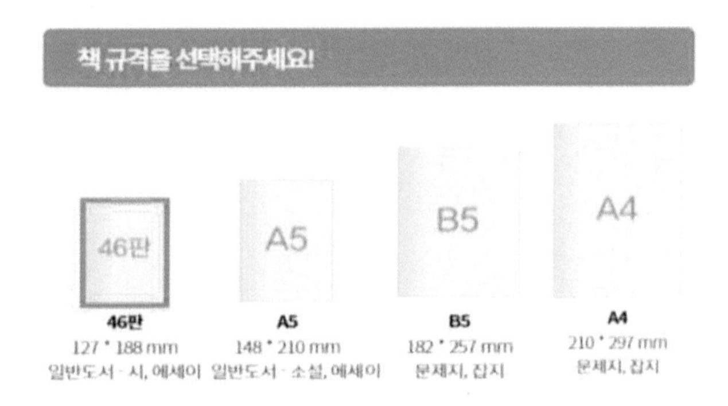

③ [**표지 재질**]을 선택한다. 아르떼(감성적인), 스노우(대중적인), 스노우(광택 있는) 3가지다.

페이지가 많으면 책의 무게를 고려하여 잘 선택한다.

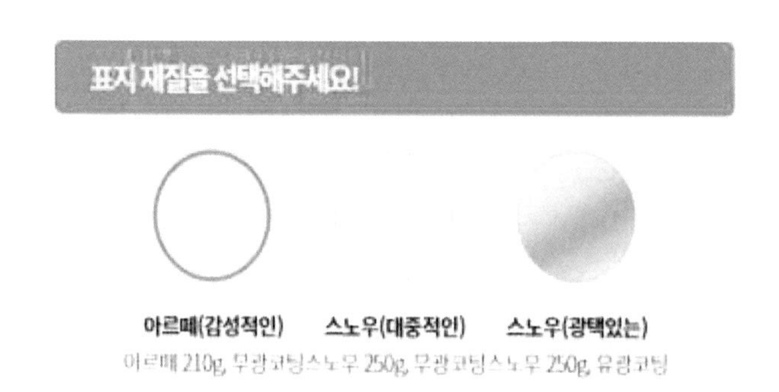

④ [**책날개**]를 선택한다.

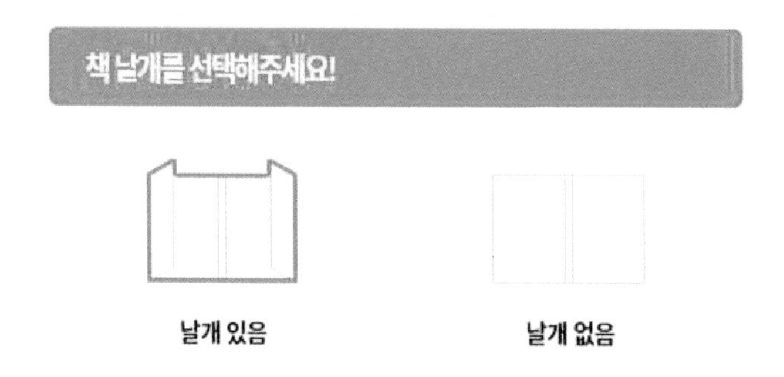

[날개 없음]은 부크크에서 무료로 제공하는 책의 표지이고, [날개 있음]은 제작하거나 구매한 표지를 말한다.

⑤ [**도서정보**]는 책 만들기 과정 선택한 결과이다. 컬러, 책 규격에 따라 다르며, [**페이지 수**]는 직접 입력한다.

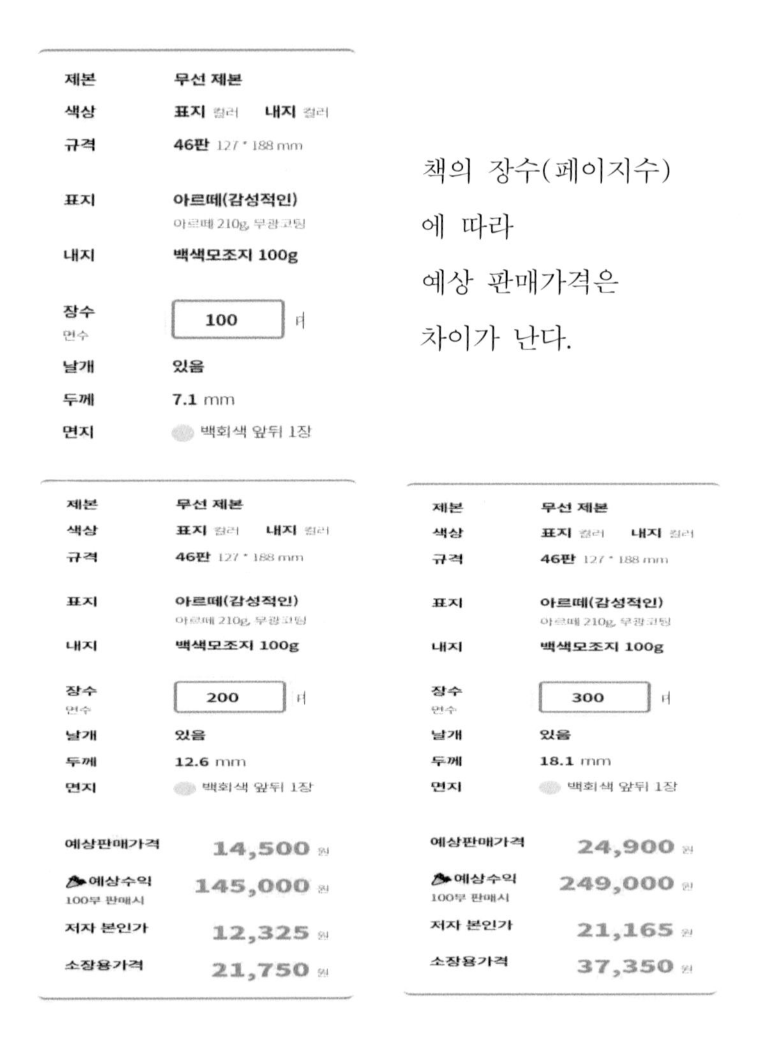

2단계 - [원고등록] 단계

2단계는 [**원고를 등록하는 단계**]이다.

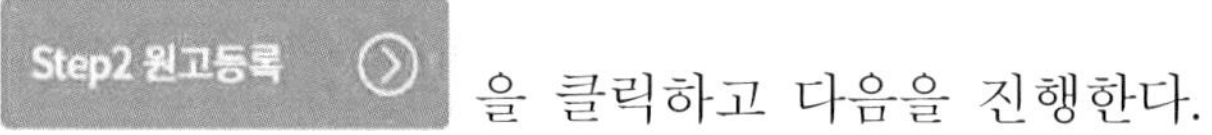

을 클릭하고 다음을 진행한다.

원고등록 단계 요약	
1단계	- 표제 입력하기 - 대표 카테고리 선택 - 저자 이력 입력하기
2단계	- 도서 제작 목적(필수) 선택 - ISBN 입력(필수)선택
3단계	원고 업로드 업로드 파일 없음 (0 Kb) 0 Kb

① [**원고등록**] 단계이다.

[원고등록] 단계에서는

1. 표제(제목)와 부제.
2. 대표 카테고리, 도서 여부 선택하고
3. 저자 페이지 수 입력하고
4. 도서 제작 목적을 선택한다.

*** 표제 (필수, 최대 35자)**

누구나 글쓰고 작가되는 비법

특수문자를 가급적 사용하지 않도록 유의해주세요.

부제 (최대 15자)

내 책 만들기 무료 출판

요약한 제목명 시리즈명 등을 기재합니다. 없을 경우 작성하지 않으시면 됩니다.

*** 대표 카테고리 (필수)**

인문

5. 원고를 업로드 한다. 책의 원고가 미리 준비되어 있어야 하며, PDF 파일로 변환해두어야 책을 출판할 수 있다.

② 표제(제목)와 부제, 대표 카테고리, 도서 여부 선택하고 저자, 페이지 수 입력하고, 도서 제작 목적을 선택한다.

*** 표제** (필수, 최대 35자)

누구나 글쓰고 작가되는 비법

특수문자를 가급적 사용하지 않도록 유의해주세요.

부제 (최대 15자)

내 책 만들기 무료 출판

요약한 제목명 시리즈명 등을 기재합니다. 없을 경우 작성하지 않으시면 됩니다.

*** 대표 카테고리** (필수)

인문

*** 저자** (필수, 최대 35자)

강신진

공동저자일 경우 쉼표를 구분자로 넣습니다. 예, 김철수, 소이현 외 3명

*** 페이지수** (필수)

300

페이지수는 최소 50페이지 이상입니다. 최대 페이지수는 978페이지입니다.
페이지수가 변화되면 책두께, 내지재질, 기본정가(인쇄비 및 인세 등)이 변화 됩니다

③ [**도서 제작 목적**]을 선택한다.

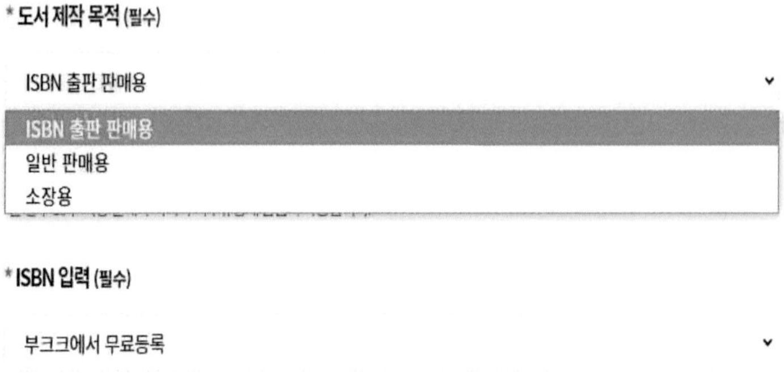

* **도서 제작 목적** (필수)

ISBN 출판 판매용

ISBN 출판 판매용
일반 판매용
소장용

* **ISBN 입력** (필수)

부크크에서 무료등록

[도서 제작 목적]	
1. ISBN 판매용	부크크 사이트에서 판매할 수 있다. 유통망에 판매할 수 있다. (예를 들면 교보문고, YES24, 알라딘 등)
2. 일반 판매용	부크크에서만 판매할 수 있다.
3. 소장용	개인 소장용으로 인쇄할 경우 가능하다.

④ 원고 업로드 화면이다. [원고 업로드]를 클릭한다.

필수 안내사항

원고 파일은 **100MB**까지 업로드가 가능합니다.
가급적 Wifi 환경에서 업로드하여주시기 바랍니다.
파일이 큰 경우에는 빈파일을 다운로드 받고
업로드 후 info@bookk.co.kr로 원고를 보내주세요.
파일형식은 한글, MS워드, PDF 형식의 4가지 확장자만 가능합니다.
(doc, docx, hwp, pdf)
업로드한 파일이 부크크 이용 약관을 준수하는지 반드시 링크에서 확인하세요.

원고 업로드

업로드 파일 없음 (0 Kb)

0 Kb

업로드 할 원고 파일 [*.PDF]을 선택하고
[열기] 클릭한다.

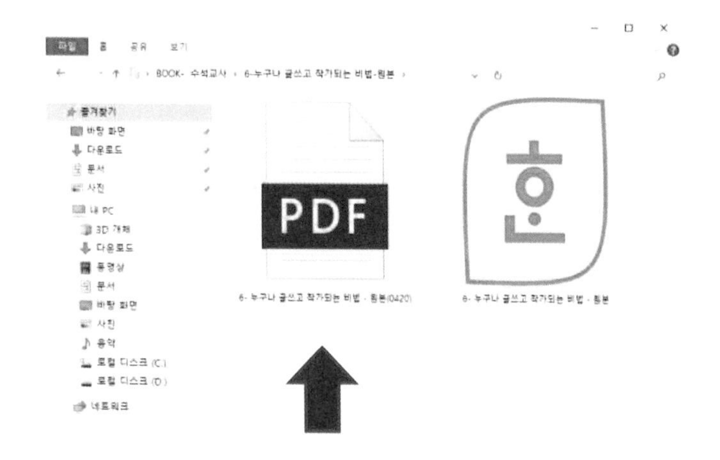

⑤ 원고 업로드

원고 파일(*. PDF)을 업로드 화면이다. [원고 업로드]한 화면 상태이다. 파일이 업로드되었다.

부크크에서 제시한 원고의 업로드에 관한 규정으로 준수해야 신청한 책이 출판 승인된다.

부크크 원고의 필수 안내사항
원고 파일은100MB까지 업로드가 가능합니다. 가급적 Wifi 환경에서 업로드하여주시기 바랍니다. 파일이 큰 경우에는빈파일을 다운로드 받고업로드 후 info@bookk.co.kr로 원고를 보내주세요. 파일형식은 한글, MS워드, PDF 형식의 4가지 확장자만 가능합니다.(doc, docx, hwp, pdf) 업로드한 파일이 부크크 이용 약관을 준수하는지 반드시 링크에서 (https://bookk.co.kr/servicePolicy) 확인하세요.

3단계 - [표지 등록] 단계

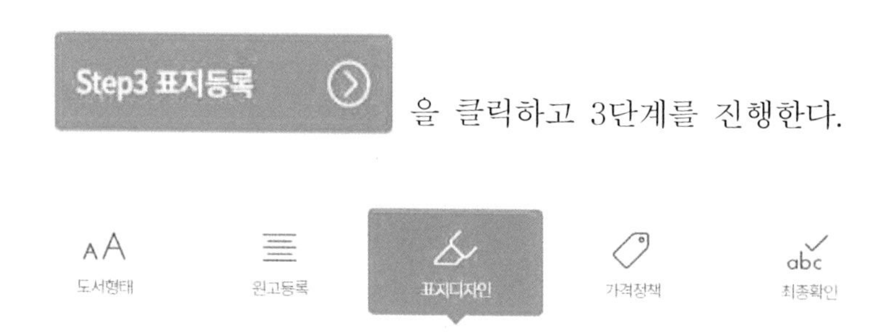

을 클릭하고 3단계를 진행한다.

표지디자인 방법은 3가지다. 이 중에서 하나를 선택한다.

1. 무료표지 - 부크크 무료 표지 사용하는 경우
2. 직접 올리기 - 저자가 직접 디자인한 이미지
3. 구입한 탬플릿 - 부크크에서 비용을 주고 구입한 표지

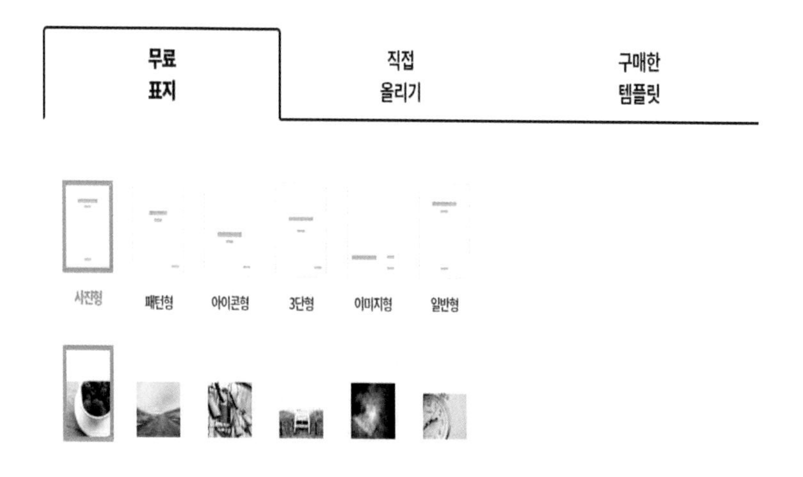

① 유형 선택한다. 유형 배경 이미지 종류 중에서 하나를 선택한다. 무료 표지는 책의 날개가 없다.

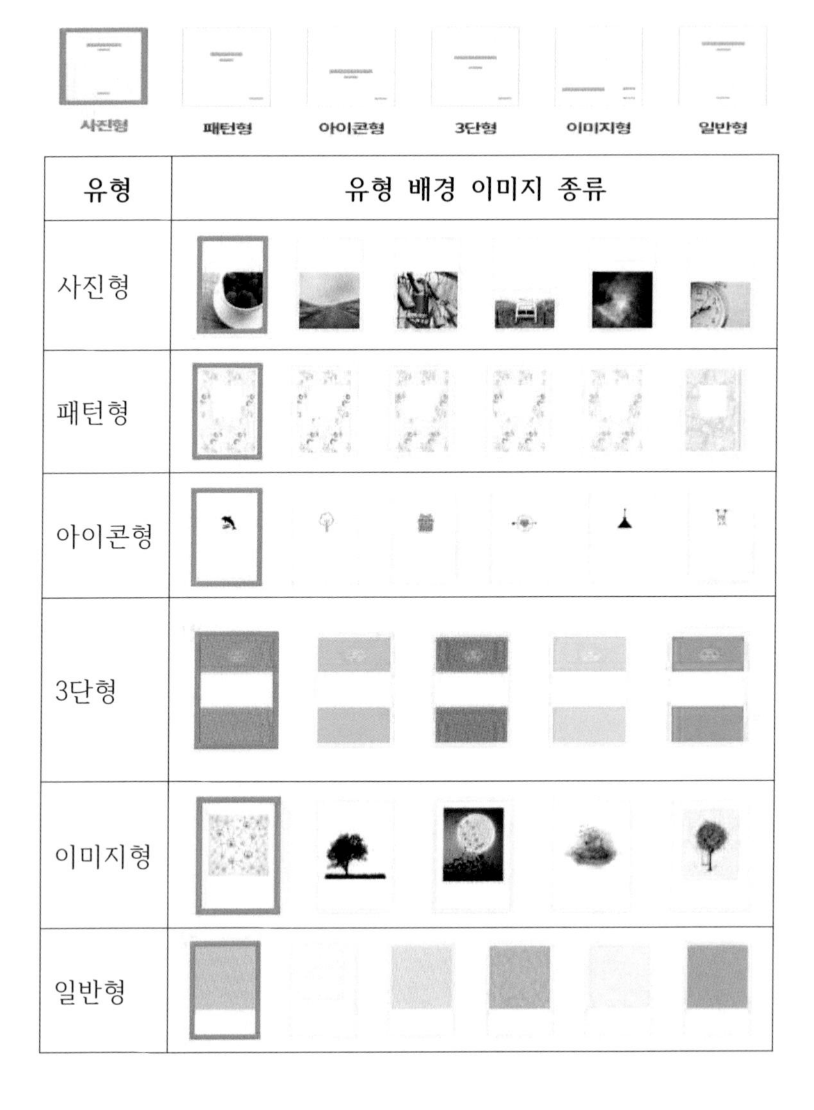

유형	유형 배경 이미지 종류
사진형	
패턴형	
아이콘형	
3단형	
이미지형	
일반형	

무료 표지의 적용 샘플 표지 예시이다.

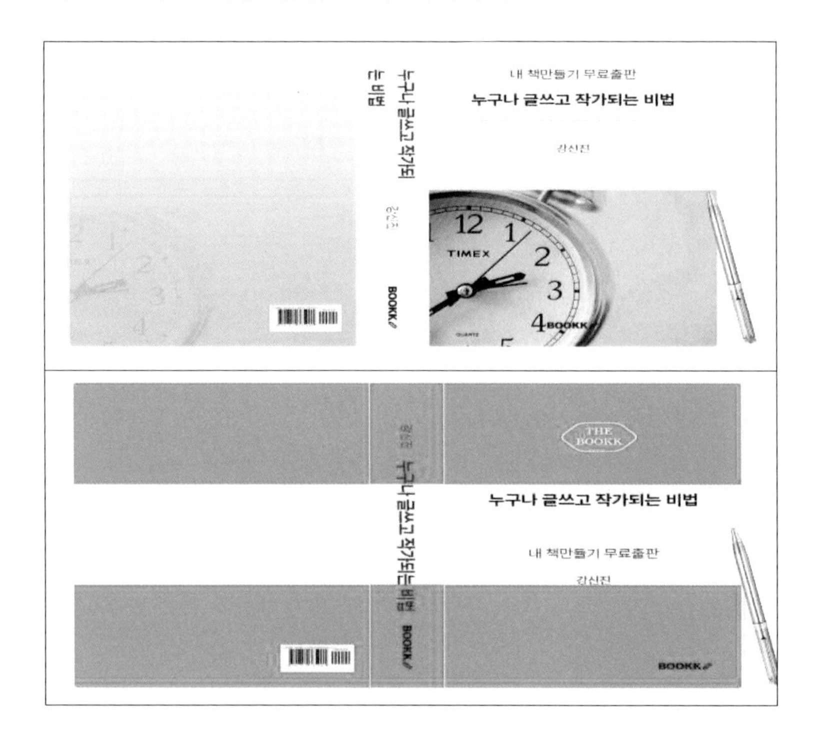

표지의 뒷면 문구도 입력한다.

표지 뒷면 문구

누구나 글쓰고 작가되는 비법이다.

글을 쓰고
글을 모으면
책이되고
자가된다.

② [**직접 올리기**] 경우이다. 저자가 표지를 디자인한 파일을 선택하여 업로드 한다.

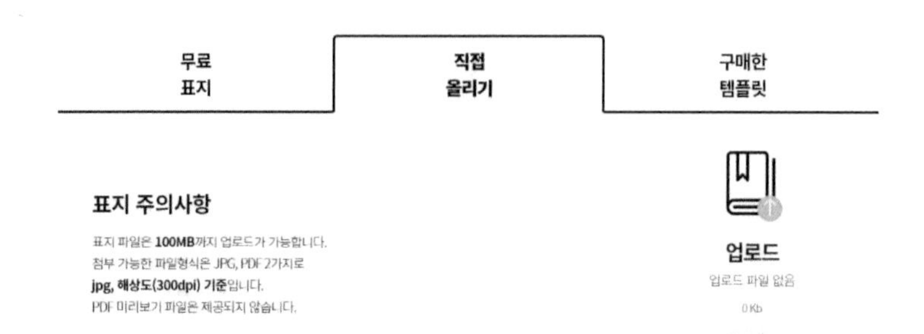

③ [구입한 디자인 올리기] 경우이다.

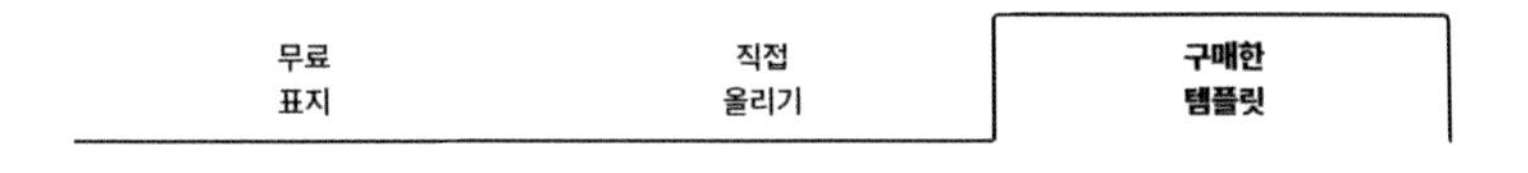

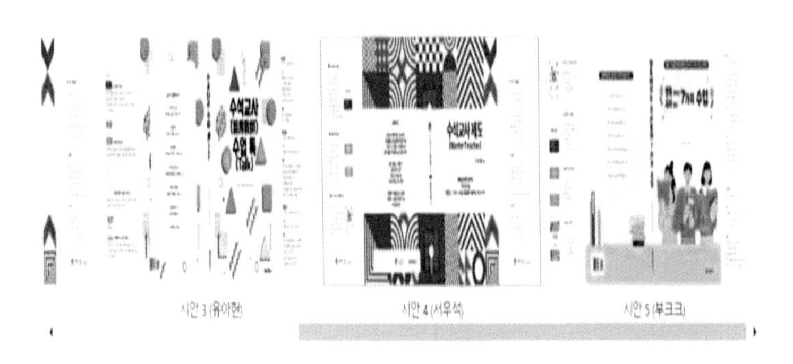

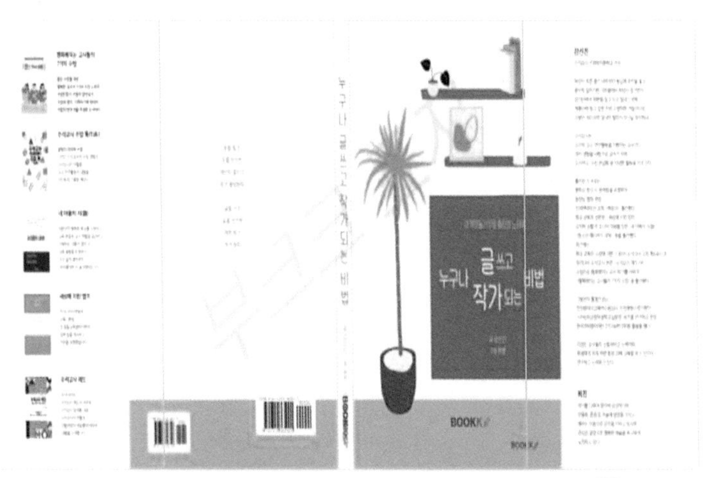

4단계 - [가격정책] 단계

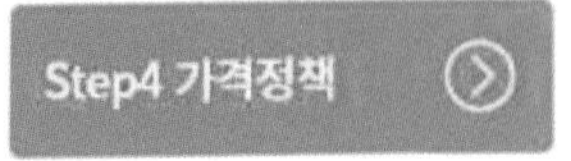

을 클릭하고 4단계를 진행한다.

도서형태 원고등록 표지디자인 가격정책 최종확인

정가설정

15000 원 권

* 최소가격 **14,500원**입니다.
* 최대 기본정가의 **3배**까지 설정할 수 있습니다.
* 소비자가격은 최소 가격보다 높아야합니다.
* 100원대 단위로 설정해야합니다.

정가인하

○ **네**, 작가 수익을 낮추고 소비자가격을 인하 하겠습니다.

◉ **아니요**, 소비자가격을 인하하지 않겠습니다.

5단계 - [최종 확인] 단계

Step5 최종확인 을 클릭하고 다음 단계를 진행한다.

[**최종 확인**]단계이다. 지금까지의 책 만들기 단계별 입력사항을 확인한다.

소개정보를 입력한다.

책 정보의 내용 [책 목차]-[책 요약]-[저자] 소개 사항 입력한다.

<table>
<tr><th colspan="3">실제 입력사항 - [예시]</th></tr>
<tr><td>도서소개</td><td colspan="2">우리나라는 2012년 수석교사 제도가 법제화 되었다.
수업 전문성이 뛰어난 교사들이
관리직으로 전환하지 않고도 일정한 대우를 받으면서
교단에서 자긍심을 갖고 교직 생활을 지속할 수 있도록 하려는 취지에서 도입되었다
수석교사 제도의 개념과 목적, 법제화 현황과
초·중등교육법의 수석교사 제도, 미래 교육의 방향,
수석교사의 역할과 수업 전문성에 관한 내용을 다루고 있는 수업 교양서이다.

수석교사는
수업과 신규교사·저경력교사 수업 컨설팅이 주 업무이고,
교수·연구활동, 연수 학습자료 등을 제공하는 역할을 한다.
수석교사는 수업평론가, 수업지원자의 역할과 방향을 생각해야 할 시기이다.</td></tr>
<tr><td>도서목차</td><td>1부 학교교육과 교육기본법
1. 대한민국 교육기본법 1장 - 13
- 교육 목적과 교육이념
- 모두 아름답게
2. 국가는 의무교육을 한다 -19
- 헌법 31조
- 의무교육 나 어떻게
3. 학교는 무엇을 교육하나 -23
- 교육기본법 학교육
- 교사의 행복이다
4. 교원의 신분보장 어디까지 - 27</td><td>2부 대한민국 수석교사 제도
1. 수석교사 제도의 의미와 목적 - 83
- 수석교사제도 추진 사항
2. 수석교사제도 법제화 되다 - 88
- 교육과학기술부 보도자료
- 수석교사 제도 배경과 목적
3. 교육공무원법의 수석교사 자격 - 96
- 수석교사 자격조건
- 수석교사의 임용
- 수석교사의 연구활동비
4. 초.중등교육법의 수석교사 임무 - 107
- 초·중등교육법 제20조</td></tr>
<tr><td>저자
경력
소개</td><td colspan="2">중등 수석교사
이력 및 활동
저서 기록한다.</td></tr>
</table>

확인 정보 화면을 보고 이상 없으면 클릭하고 승인되기를 기다린다. 1~2일 내 승인 여부를 메일로 알려준다.

책 만들기 마지막 과정이다. 5단계 모두 완료한 상태이다.

5단계 완료!

저자님, 고생하셨습니다! 😊

● **누구나 글쓰고 작가되는 비법** 도서

등록을 성공적으로 마무리 하였습니다.
제출 후 영업일 기준 **3일이내**로.
도서 심사 내역에서 확인 또는 이메일로 반려사유 등을 확인하실 수 있습니다!
□

임시서재 ‹ 진행상황 ›

임시서재를 클릭하면 화면과 같이 나타난다.

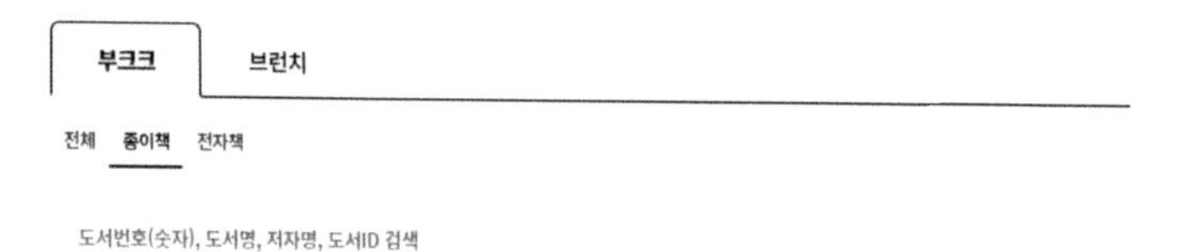

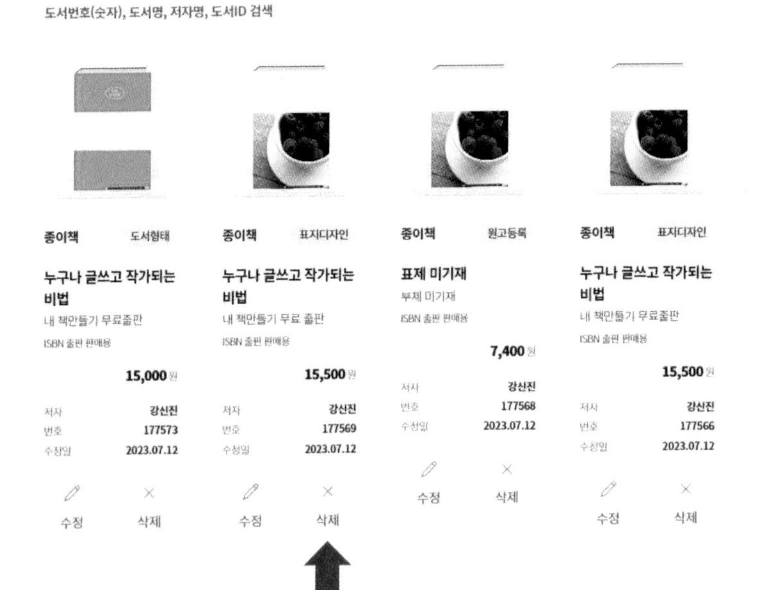

[임시서재]에 있는 파일을 삭제하려면 [삭제]를 클릭하고, [확인]하여 삭제한다.

bookk.co.kr 내용:

해당 도서를 삭제할까요?

확인 취소

클릭하면

다음과 같이 확인할 수 있다.

출판 신청하면 내 책 만들기 신청이 끝이다. 부크크의 [승인]을 기다리고 승인되면 내 책이 출판된다. 책 만들기 내용이 [반려], 또는 [임시저장] 하게 되면 수정하고 다시 신청할 수 있다.

5. 내 책 승인 확인하기

부크크에서는 책이 출판될 때 ISBN(국제표준도서번호)을 무료로 발급해준다.

ISBN는 International Standard Book Number(국제 표준 도서 번호)이다. 각 출판사가 출판한 각각의 도서에 국제적으로 표준화하여 붙이는 고유의 도서 번호이다. 서점의 유통과 판매가 편리하게 효율적으로 제공한다. 모든 책에는 이 번호가 아래와 같이 표시되어 있다.

도서 <행복해지는 교사들의 7가지 수업>

ISBN 979-11-410-1808-5

부크크 사이트의 메뉴에서 확인한다.

[나의서재] 클릭하여 승인 도서의 내용을 확인한다.

6. 반려된 출판 재신청하기

내 출판하기를 마치고 이상 여부에 따라 승인되지 않고 반려될 수 있다. 반려되었던 사례를 제시한다.

메일로 반려 사유와 함께 대처 방법을 알려준다.

안녕하세요.

부크크입니다. 제출하신 도서 반려 처리되어 연락드립니다. 반려 사유는 아래와 같습니다.

☆ **[도서반려]안녕하세요. 부크크입니다.[행복해지는 교사들의 7가지 수업]**

보낸사람 부크크 <info@bookk.co.kr> 주소추가 자동분류 추가 수신거부

받는사람 <kashji@ice.go.kr> 주소추가

안녕하세요. 부크크입니다.
제출하신 도서 반려처리되어 연락드립니다.
반려사유는 아래와 같습니다.

1)원고규격
책만들기에서 도서 규격을 46판(127*188)으로 선택하셨는데 작성된 원고는 A5(154*216)크기입니다.
실제 책으로 제작될때에 46판 크기로 제작을 원하신다면 원고를 46판 크기에 맞추어 작성해주셔야합니다.
부크크 홈페이지의 책만들기->종이책만들기에 들어가시면 원고서식 다운가능합니다.
다운받아 편리하게 작업가능 합니다.

만약 진행원하시는 규격이 A5이시라면 [책만들기-1단계]에서 책규격을 A5로 선택하여 제출해주시면 됩니다.

2)페이지번호 위치

책으로 제작하였을때 페이지번호(꼬릿말)가 양쪽끝에 배치되게끔 진행하길 원하신다면,

짝수페이지의 페이지번호는 왼쪽하단에, 홀수페이지의 페이지번호는 오른쪽하단에 위치하여야 합니다.

현재는 전체적으로 양쪽모두 배치되어있습니다.

아래에 체크한 부분의 글자의 경우 책 가운데로 들어가 보이지 않거나 보기 불편할 수 있습니다.

위치 수정 후 재등록진행 부탁드립니다.

양쪽배치가 어려우신 경우에는 가운데배치로 진행하실수 있으니 참고해주세요.

수정을 원치 않으실경우 재등록 후 페이지번호 그대로 원하신다고 메일로 말씀해주시면 현재 원고로 진행도와드리겠습니다.

[사이트 로그인]

-[우측상단 아이디 클릭]-[도서 관리]-[반려]란에서 도서 클릭하여 [재등록] 버튼을 눌러 진행해주세요.

다른 문의 사항 있으시면 알려주세요.

감사합니다.

부크크 원고검수팀.

[도서 관리]-에서 조회하고 [반려] 클릭한다. 반려된 도서 [반려 사유] 클릭하여 수정사항 변경한다.

수정사항을 업로드하고 [재등록] 버튼을 눌러 진행하면 승인 요청상태가 된다. [승인]되면 내 책이 출판되어 판매할 수 있다.

[나의 서재]에는 지금까지의 도서 승인된 도서 리스트가 나타난다.

BOOKK 책만들기 작가서비스 서점 커뮤니티

임시서재 새종이책 새전자책

심사·신청 나의서재 작업주문

수익내역 지급내역 부크크체

나의서재 11

부크크 브런치

전체 종이책 전자책

도서번호(숫자), 도서명, 저자명, 도서ID 검색

최신순 판매순 표제 가나다순 표제 가나다 역순 오래된순

나의서재 도서엑셀 다운로드

종이도서

네 꿈을 펼쳐라

꿈 꾸고, 꿈 JOB고, 꿈 너머 꿈을 이루는 행복해지는 공부

ISBN 발부 책 판매용

15,000원

저자	강신진
번호	174118

종이도서

누구나 글쓰고 작가되는 비법

내 책 만들기 무료출판 노하우

ISBN 발부 책 판매용

15,000원

저자	글 강신진 그림 최진
번호	168331

수익내역 유통관리 수익내역 유통관리

종이도서

행복해지는 교사들의 7가지 수업

좋은 수업을 위한 행복한 교사의 7가지 수업 노하우

ISBN 발부 책 판매용

15,000원

저자	강신진 유덕철
번호	165902

수익내역 유통관리

전자도서

내 마음의 시

좋은 글 멋진글 아름다운 글 시(詩)

ISBN 발부 책 판매용

3,000원

저자	강신진 원성군
번호	162565

수익내역 유통관리

7. 내 책 출판 확인하기

승인된 내 책을 클릭하면 서점의 판매상태가 된다. 내 책을 저자인 내가 사야 내 책을 볼 수 있다. [부크크]는 저자도 책을 사이트에서 구매해야 책을 읽어볼 수 있다.

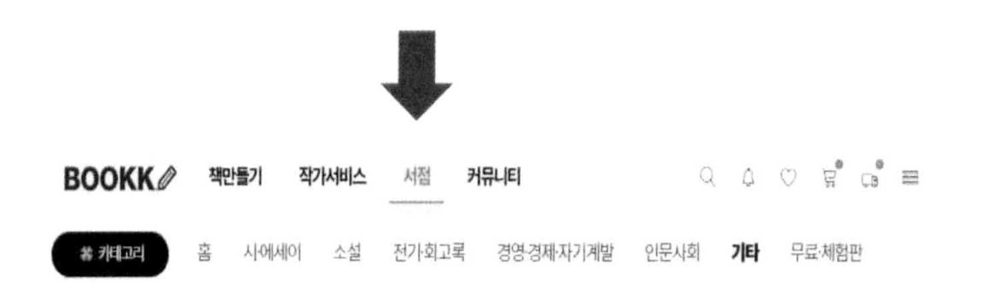

1) 아이콘 [검색]란 클릭하고 저자 이름을 입력한다.

2) 강신진

3) [도서명]을 입력해도 검색할 수 있다.

8. 책 구매하기

[부크크]에서 저자도 책을 구매해야 내 책을 볼 수 있다.

내 책을 구매하는 저자 구매 가격은 인세 없이 할인하여 구매할 수 있다.

구매할 책을 [장바구니]에 담아둘 수 있다.

도서비 결제하면 택배로 내 책을 받게 된다. 택배비 2,500원이 책값에 추가된다. 택배비는 나중에 홍보하면 환급된다.

9. 책 원고 내용 수정 요청하기

누구나 처음으로 출판하면 책이 되어 내 책을 보게 된다. 초보 작가 된 것이다. 출판 전 점검을 완벽하게 했더라도 내 책을 구매해서 다시 정독해보면 오타나, 맞춤법, 띄어쓰기 등 수정사항이 있게 마련이다. 수정이 가능하므로 너무 걱정하지 않아도 된다. 내 책을 구매하여 읽고 원고를 수정할 수 있게 요청할 수 있다.

1) [나의 서재] 클릭한다.

2) 파일 교체할 [도서 선택]하고 클릭한다.

원고 교체비 결재하고 수정요청

내 책의 오탈자, 내용, 일부 수정을 부크크 사이트에서 요청하는 방법이다. 내 원고 수정을 하려면 비용이 발생한다. 원고 파일 교체하려면 교체할 도서를 선택하고 5,000원을 입금하고, 수정한 PDF 원고를 다시 업로드 한다.

종이도서 · 165902

행복해지는 교사들의 7가지 수업

강신진 유덕철 저(著)

등록정보 유통관리 서점정보

부크크 서점

인기 1회

평점 0점

부크크 판매중 처리하기

부크크 판매중지하기

서점에 보여주기

비공개로 감추기

입점사수 5곳

BOOKK

KYOBO

1. 부크크 서점 내 판매와 외부유통 판매는 별개로 작동됩니다.
2. 부크크 서점에 판매중지를 하더라도, 외부유통 판매상태는 유지할 수 있습니다.
3. 부크크서점에서 비노출 처리한다하더라도 판매상태는 유지할 수 있습니다.
4. 부크크 서점을 중지처리하더라도, 향후유통사 기능은 외부유통사 기능을 사용하지 않아야 중지됩니다.

서점가기 **파일교체**

1) [파일 교체] 클릭하고 진행한다.

파일교체 비용 결제하기

도서의 표지 또는 원고를 변경하는 작업을 신청하는 기능입니다.

해당 작업은 원고 표지 등의 **출력용 파일에 대해 재작업**이 들어가며, 파일 수정 진행시 변경 작업비를 결제를 진행해야만 도서 제출이 가능합니다. 비용은 **5,000원**입니다.

돌아가기 진행하기

2) [진행하기] 클릭한다.

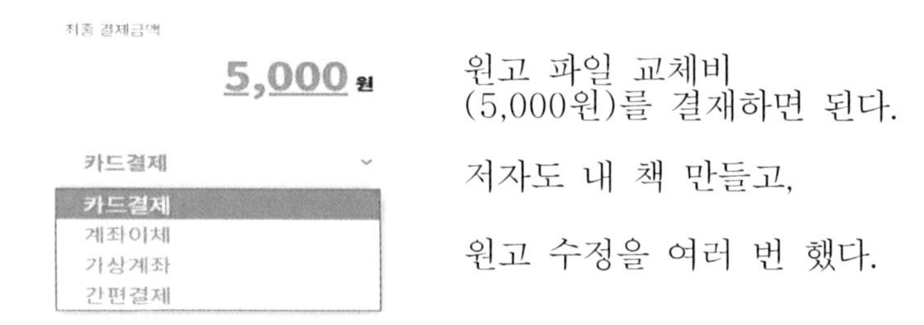

원고 파일 교체비
(5,000원)를 결재하면 된다.

저자도 내 책 만들고,

원고 수정을 여러 번 했다.

4) [결재진행] 클릭하고 진행하면 된다.

결재 정보 내용이다. 결재를 마치면 업로드 기간 내 재 업로드 할 수 있다. 입금 확인 상태일 때는 매월 지정된 원고 수정일 전까지 수정원고 업로드가 가능하다.

입금이 완료되면, 작가는 원고 파일을 수정하고 업로드 할 수 있으며, 기한 내 업로드 하면 된다. 수정할 파일 업로드 한다.

5) 원고 수정 파일 결재를 마치면 파일 교체를 하면 된다.

[책만들기]-[심사신청]-[파일교체] 클릭하여 파일교체할 도서를 선택하고 파일을 교체한다.

6) [표지업로드], [내지업로드] 클릭한다. 교체할 파일을 선택하고 표지나 내지 업로드 한다. 수정할 표지(*.jpg)나 내지 파일(*. PDF)을 선택하고 [내지 업로드] 하여 파일을 교체한다.

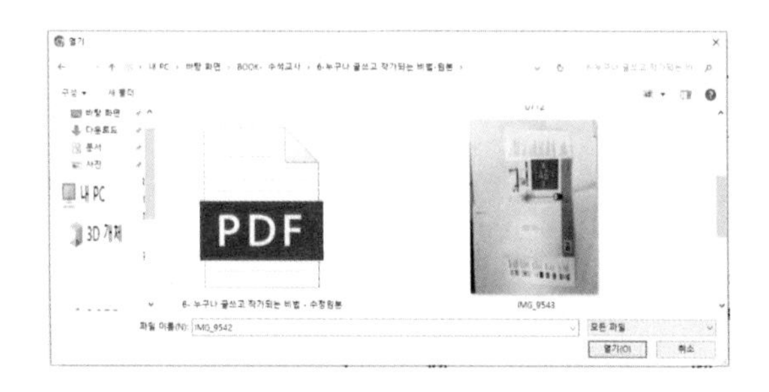

파일을 모두 업로드 후 반드시  제출하기 제출하기를 클릭해야 최종 접수 완료처리가 된다.

표지
파일명 없음
0 MB

내지
6- 누구나 글쓰고 작가되는 비법 - 수정 원본 0712.pdf
7.49 MB
내려받기

표지 업로드 내지 업로드 제출취소 제출하기

파일 교체 후 변경된 최종 파일확인은 저자에게 메일로 전달하며, 내 책의 원고 파일 수정이 완료된 것이다.

궁금하신 부분이 있다면 게시판에 글을 남기거나 담당자 메일로 문의한다.

'읽기' 다.

- 스티븐 크라센 -

5부. 내책 홍보하기

5부　내 책 홍보하기

내 책 홍보의 모든 것

1. 홍보는 어떻게?

1) 전화하기

2) 카톡 사용하기

3) 블로그 홍보하기

4) 카페 홍보하기

5) SNS 메신저

6) 기관 홍보

2. 작가 직접판매

5부 내 책 홍보하기

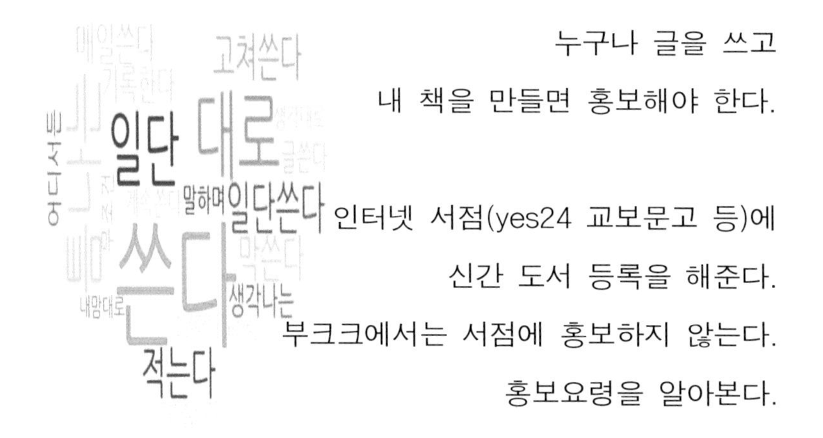

누구나 글을 쓰고
내 책을 만들면 홍보해야 한다.

인터넷 서점(yes24 교보문고 등)에
신간 도서 등록을 해준다.
부크크에서는 서점에 홍보하지 않는다.
홍보요령을 알아본다.

1. 내 책 홍보의 모든 것

내 책을 만들었다면 어떻게 해야 할까?

기획 출판하면 출판사에서 알아서 홍보를 해준다. 무료 출판이라면 내 이름으로 출간한 책을 저자가 직접 홍보해야 한다. 이는 당연한 일이요 안 한다면 책을 '왜 만들었을까?'를 생각하여야 한다.

신간 도서 제목과 내용, 저자를 소개할 방법에 대해 알아보자. 자신이 동원할 수 있는 모든 방법을 이용한다. 저자도 여러 방법으로 홍보했지만 다른 방법은 잘 모른다. 신문, 잡지, 인터넷 광고, 서평 모집단 활동 등 홍보가 가능하다. 홍보 방법에 대한 방법이 부족하기에 이상 언급하지 못한다.

전화하기

카톡 사용하기

페이스북, 인스타그램

블로그, 네이버 밴드, 다음 카페 홍보하기

강의하며 홍보하기

기타

가. 전화하기

일단 주변 지인들한테 알려야 홍보가 된다. 가족, 친지, 동호회나 학교 동문회 등을 통해 홍보해야 한다.

알려야 책이 출판된 사실을 알게 된다. 일단 지인에게 전화하고 구입하거나 홍보 요청을 하는 방법이다.

나. 카톡 사용하기

자신의 SNS 활용하는 방법이다. 카톡은 간단하게 홍보할 수 있는 좋은 플랫폼이다. 페이스북, 인스타그램, SNS 채널 등을 통해 적절하게 홍보하는 방법이다.

다. 블로그, 네이버 밴드, 다음 카페 홍보하기

자신이 운영하는 블로그와 카페를 통해 홍보하는 방법도 있다. 네이버 밴드, 다음 카페 등 자신이 운영하는 홍보 방법이다.

라. 강의하며 홍보하기

도서관 희망 도서를 부탁한다. 저자가 직접 강연하거나 출간 기념회를 활용하는 방법이다.

독자들과 가까이 만나는 기회를 많이 만들다 보면 마케팅도 저절로 될 수 있다.

2. 작가 직접판매

내 책은 내가 직접판매도 가능하다. 구매 희망을 요청하고 직접 사인해서 우편으로 전하는 방법도 있다.

서점에 납품을 스스로 요청하면 된다. 쉬운 일은 아니다.

이 외 다양한 방법을 생각하여 내 책을 창의적으로 홍보하길 바란다.

누구나 글 쓰고 내 책을 무료로 출판하여 작가되는 방법에 대하여 이해하기 바랍니다. 읽어주셔서 감사드립니다.

이 책은 전문작가에겐 도움이 안 될 수 있습니다.

'책은 아무나 내나?'

그렇습니다.

누구나 다 내 책 만들 수 있습니다.

무료로 내 책 만드는 비법을 전합니다.

누구나 초보 작가 되는 길을 안내했습니다.

내 책 만들기를 원하는 초보 작가에겐 큰 도움이 될 것으로 기대합니다.

글을 쓸 수 있는 용기가 생기기를 기대하며,

글을 쓰고 초보 작가 되는 길을 걸으시고,

여러분의 앞날에

꽃길이 펼쳐지길 희망합니다.

누구나 글 쓰고 작가 되는 비법

내 책 만들기 무료 출판의 노하우

저　자 | 강신진　그림 최진 원성균

발　행 | 2023년 4월 4일
펴낸이 | 한건희
펴낸곳 | 주식회사 부크크
출판사 등록 | 2014.7.15.(제2014-16호)
주　소 | 서울특별시 금천구 가산디지털1로 119
(SK 트윈타워 A동 305호)
전　화 | 1670-8316

ISBN | 979-11-410-2213-6

www.bookk.co.kr

[참고 문헌]

《행복해지는 교사들의 7가지 수업》, 강신진, Bookk, 2023.
《강원국의 글쓰기》, 강원국, 메디치미디어, 2018
《150년 하버드 글쓰기 비법》, 송숙희, 유노북스, 2022.
《보통 사람을 위한 책쓰기》, 이상민, Denstory, 2020.
《책쓰기의 정석》, 이상민, 라의눈, 2017.
《유시민의 글쓰기 특강》, 유시민, 생각의 길, 2015
《내 마음의 시(詩)》, 강신진, Bookk, 2022.
《수석교사 제도》, 강신진, 부크크, 2023.
《세상에 이런 법이》, 강신진, 부크크, 2022.
《수석교사 수업 톡(talk)》, 강신진, Bookk, 2023.

[참고사이트]

부크크 (https://www.bookk.co.kr)
유페이퍼 (https://www.upaper.net)
네이버 메모장 (https://www.naver.com)
브런치스토리 (https://brunch.co.kr)
워드클라우드생성기 (https://wordcloud.kr)
문화체육관광부 (https://www.mcst.go.kr)
문화체육관광부 출판사 검색 (http://book.mcst.go.kr)
한국출판문화산업진흥원 (https://www.kpipa.or.kr)